# 이상한
# 풍향계

이상한 풍향계

초판 1쇄 발행 2021년 3월 31일

지은이 | 김지원
만든이 | 이한나
펴낸이 | 이영규
펴낸곳 | 도서출판 그린아이

등록 연월일 | 2003. 12. 02.
등록 번호 | 제2-3893호
주소 | 서울특별시 은평구 녹번로 6-11, 201호
전화 | 02)355-3035
이메일 | gmh2269@hanmail.net



ISBN 979-11-91376-01-2

# 이상한
# 풍향계

김지원 산문집

그린아이

첫 산문집을 낸 지 6년 만에 다시 원고를 정리하여 책을 낸다.

요즘 같은 불황에 책을 내다니!

분명 수요는 없는데 공급만 하겠다는 기상천외한 발상이며, 능히 장안의 지가를 올릴 만한 일이다.

그러나 꼭 그런가.

그런 것 같지는 않다.

세종은 삼강행실도를 펴내어 책으로 백성을 다스렸고, 정조는 오륜행실도를 펴내어 치세하였으며, 시인 김득신은 백이전을 11만 3천 번 읽고 그 뜻을 상고한 것을 보면.

뿐만 아니라 추사는 책 선물에 대한 고마움의 표시로 이상적에게 세한도를 그려 줬으니 비대면 시대에 책을 대면케 하는 것은 과히 명군의 치적에 비견할 만하지 않겠는가.

이 책 속에는 목회와 관련된 글들과 그렇지 않은 것들이 혼재되어 있다. 그러나 구태여 구분하지는 않았다. 어찌되었건 다 가슴으로 낳은 자식들임이 분명하기 때문이다.

이제 나는 험한 세상 다리가 되기를 바라며 그들을 세상으로 내보낸다.

잘 가거라.

부디 행운이 깃들기를!

네 앞길이 정오의 해같이 빛나기를!

2021년, 봄

김 지 원

# 차 례

# 이상한 풍향계

노 선생이 우리 교회 봉사자로 온 것은 어느 해 봄이었다.

그는 당시 결혼한 지 얼마 되지 않았고 갓 태어난 딸을 하나 두고 있었다. 사람과의 관계가 항상 그러하듯 서먹서먹하던 분위기가 가시고 허물이 없어지자 그는 이런 말을 했다.

"목사님, 사실 처음에 목사님이 좀 두려웠습니다."

나는 깜짝 놀라 반문했다.

"두렵다니?"

"제 고향이 경상도거든요. 그런데 목사님이 호남 분이라 사실 좀 긴장했습니다."

그 말을 듣고 긴장한 쪽은 나였다. 세상에 어쩌다 사람의 마음이 이렇게까지 되었는지 탄식이 나왔다. 사실, 그동안 말은 하지 않았지만 작은 나라에 앙금처럼 가라앉은 것이 지역감정이었다. 평소에는 아무렇지도 않은 듯하다 바람만 불면 온갖 티끌이 공중으로 떠올라 시야를 흐려놓은 것처럼 나라를 혼란스럽게 만드는 만성 염증 같은 것이었다. 그리고 그것은 언제부터인가 교회에까지 파고 들어와 사람들의 마음을 갈라놓았다. 왜, 언제부터, 무엇 때문인지도 모르는 이 단군 이래 최대의 이단사설에 사람들은 자신도 모르게 휘말려들었다. 무슨 일이든 옳고 그름의 문제가 아니라 어디서 사느냐가 문제요, 정의와 불의의 문제가 아니라 어느 방향인가가 문제가 되어 서로 미워했다. 더더구나 이런 일들이 하나님의 교회에까지 버젓이 파고 들다니 할 말을 잃었다. 그러면서 노 선생은 또 이런 말을 했다.

"그런데 사실 우리 동네 사람들이 전라남도 함평에서 온 사람들이거든요."

그 말을 해놓고 내 눈치를 살폈다. 나는 그에게 여러 가지 말로 신앙인의 자세에 대해서 누누이 설명했다. 그리고 그 해 우리 교회 학생과 청년들은 호남에서 살다가 영남으로 이주했다는 노 선생 고향으로 꽤 먼 여름 하기 수련회를 은혜 가운데 다녀왔다. 노 선생은 그 후 우리 교회에서 여러 해 동안 성실히 잘 봉사하다가 다른 곳으로 임지를 옮겼다.

그런데 최근에 우리 교회 여자 집사가 내게 이런 말을 했다. ―그는 내가 전도사 시절부터 신앙생활을 지도해온 학생으로 서울에서 태어났고, 서울에서 성장했고, 이제는 결혼해서 살고 있는 그런 보통 사람이었다.― 하루는 그가 직장생활을 하고 있는 직장의 전무가 부르더니 "그만두라"고 하더란다. 그러면서 묻기를 "고향이 어디냐?" 해서 "서울입니다. 아버지 고향은 예천이구요." 그러자 그는 "아, 예천!" 그러더니 계속해서 근무하라고 태도를 돌변하더라고 하였다. 그 후 며칠이 지나고 다시 묻기를 "남편의 고향이 어디냐"고 물어 전주라고 했더니 안 되겠다고 고개를 갸웃거리더라는 거였다. 그 말을 끝낸 후 그 여자는 이렇게 말했다. "웃겨요 목사님, 웃기잖아요! 도대체 남편의 고향과 직장이 무슨 상관이 있다고" 하면서 허탈하게 웃어댔다. 그와 나는 한동안 소리 내어 웃고 있었다.

2015년도 한국크리스천문학가협회 여름 세미나는 보기 드물게 성황을 이루었다. 세미나의 주제가 '표절'로 현실감이 있어서도 그랬지만 무엇보다도 한국 교회에서 존경받는 목회자 중의 한 분이신 신성○ 목사님과 좌장으로 세미나 주제를 이끌어 가시는 김봉○ 교수님의 해박한 식견 때문인 것을 아무도 부인할 수 없으리라. 그런데 세미나 발표를 하시던 신 목사님은 말미에 이런 말을 했다. "과거 신학대학 재직 시 후임 총장을 뽑는데, 정교수인 나를 후보자에서 빼고 내 밑에 있던 조교수인 P를 총장으로 뽑았는데 이유는 그가 경상도 출신이었기 때문이었습니다. 나는 충청도 출신이기 때문에 배제되었습니다"라고. "더더구나 그는 가박임에도 불구하고 지역 때문에 된 것이요, 이것이 현재 우리가 살고 있는 사회요 한국 교회의 민낯입니다"라고 덧붙여 말했다. 아니, 이럴 수가……. 나를 위시해서 그 자리에 참석했던 모든 사람들은 다 귀를 의심하였다. 제발 사실이 아니기를! 그러나 그것은 사실이었다. 좌장을 맡은 김 교수님도 난감한 표정을 지으면서 이중환의 택리지를 읽어보라고 권했다. 이중환의 택리지에는 "영남과 평안도만 칭찬하고 나머지는 다 부정적으로 기술했다"는 말도 덧붙였다. 사실, 이중환 그는 원래 충청도 공주 사람으로 외가가 전북 고창이지만 평생 호남과 평안도는 한 번도 가본 일이 없고 살아본 일도 없다. 이는 그가 쓴 택리지 복거총론에서 스스로 밝히고 있는 부분이기도 하다. 그런 그가 왜 그런 말을 했으며 그런 공신력 없는 잡기雜記를 썼는지 모른다. 당쟁 때문에 본인이 피해를 봤는지 아니면 개인적으로 조상 죽인 원수가 살았던 곳이어서 그랬는지 이유는 모른다.

우리는 좁은 땅에서 살고 있다. 미국이나 중국의 백 분의 일, 브라질의 팔십오 분의 일, 그리고 가까운 일본은 말할 필요도 없고 동남아 국가인 필리핀이나 베트남보다 인구도 적고 국토도 역시 작다. 그런 와중에서 민족 이동이 빈번했다. 흉년이나 잦은 오랑캐의 침범 때문이었다. 따라서 서로 뒤섞여 사는 일이 많았다. 영남에 터를 두고 살던 사람이 몽고의 침입으로 호남으로 피란을 와 성씨의 본이 바뀐 경우도 있고, 반대로 호남에 뿌리를 두고 살다 함경도로 가 이북 사람이 된 경우도 있다. 전라북도 김제 금산사 밑에 있는 원평 마을은 세상이 개벽되면 도읍이 된다는 강증산의 말을 듣고 경상도 사람 삼천 명이 모여 사는 세칭 경상도 마을이 되었고, 정읍 산외면은 평사낙안平沙落雁이라 하여 일제 때부터 역시 경상도 사람들이 많이 거주하였다. 경북 풍기 차암 금계촌은 십승지지十勝之地 중 하나로 이북에서 온 사람들이 절반 이상이 되고, 특별히 평북 박천이나 영변이나 개성 사람들이 들어와 인삼 농사를 시작하였다. 앞서 밝힌 대로 우리 교회 노 선생의 선대는 전남에서 경남 합천으로 이주해와 자작일촌을 이룬 곳이기도 하다.

그동안의 행정구역도 여러 차례 변경되었다. 금산, 논산, 강경은 전라북도에서 충청남도로 변경되었고, 영동은 경북에서 충북으로, 울진은 강원도에서 경북으로, 제주도는 전라남도 제주군에서 자치도가 된 경우이다. 거주지가 바뀐다고 사람이 바뀌는 것인지 아니면 행정구역이 바뀌면 사람의 특성이 바뀐다는 말인지 도무지 종잡을 수 없다. 사람의 개개인의 문제를 집단으로 보고 주관적인 문제를 객관화시키고 지역 전체를 보편화시켜 폄하하는 일은 어디서부터 온 것일까. 상대를 비하하고 자신은 상대적인 우월감으로 높아지려는 정신과적 질병이 이미 심각한 상태인 것은 분명하지만 아무도 심각성을 깨닫고 있는 것 같지 않다. 심지어는 상대를 비하하기를, 한쪽은 홍어로 다른 한쪽은 과메기로 비하하여 욕을 쏟아내고 있으니 이 나라는 지역감정 때문에 애꿎은 물고기까지 욕을 먹고 있는 나라이다.

역사적으로는 왕건이나 이성계나 최근세의 군부 쿠데타 세력에 이르기까지 바른말로 저항하는 세력들을 억압하기 위해 지역 전체를 비하하고 정통성을 인정받지 못한 정권을 유지하기 위하여 바른말하는 세력을 폄하하며 인구 대비 국민 사이를 이간질시킨 것은 아니었는지 의심되는 부분이다. 그리고 여기에 철없는 국민들이 부화뇌동함으로 시작되지는 않았는지. 아무튼, 그건 그렇다 치더라도 구원받은 하나님의 백성들이 모인 교회에서까지 세상 사람들과 조금도 다를 바가 없으니 문제다. 한국 교회는 신앙의 우선순위를 모른 듯하다. 동서 간에 항아리에 금가듯 금이 가 있는데 남북통일을 위해서 기도하자고 하고, 눈에 보이는 형제를 미워하면서 아프리카의 고통

받는 형제들을 위해서 선교 헌금을 드리자고 하니 말이다. 대단한 눈속임이요 기만이다. 이는 마치 겉으로는 동일한 하나님의 자녀라 하면서도 내심 기도할 때는 나는 저 세리나 죄인들과 같지 않다던 바리새인의 외식이 아니고 무엇이랴. 말하는 것은 하나님의 자녀인 것 같으나 하는 짓을 보면 하나님의 자녀 같질 않다. 철저한 지역적 편 가르기와 교만한 우월주의는 풍수도참설을 가르친 중 도선의 자녀이거나 묏자리 잡는 지관의 제자에 더 가깝다.

성경에도 지역감정이 있었다. 유대와 사마리아의 경우이다. 사마리아 성전이 왜 생겼는가 하는 역사적 근거는 차치하고라도 서로 상종도 하지 않고 살았으니 말이다. 아무튼 두 개의 성전을 세워놓고 서로 정통성을 주장하였으며 유대인들은 사마리아인을 혼혈이라 하여 비하하고 사마리아로 향하는 길도 가지 않았다.

우물가 사마리아 여인이 바로 예수님을 만났을 때 이 문제를 예수님께 물었다. 어느 쪽이 정통이며 어느 장소에서 예배를 드려야 하나님이 기뻐하시는가를. 예수님의 대답이 분명 둘 중 하나가 될 거라 생각했지만 그 생각은 빗나갔다. 예수님은 둘 중 하나를 선택하신 것이 아니라 둘 다 아니었다. 그리고 말씀하셨다.

"이곳에서도 말고 저곳에서도 말고 하나님은 영이시니 예배하는 자가 신령과 진정으로 예배할지니라"였다. 이 말은 어떤 지역이나 장소가 중요한 것이 아니라는 말씀이었다. 어디서 예배를 드리든지 하나님께 신령과 진정으로 드리라는 말씀이셨다.

성경의 가르침은 사랑이다. 원수도 사랑하고 핍박하는 자를 위해서 기도하라는 가르침이다. 그런데 원수가 아닌 믿음의 형제들을 미워하고 있는 것이다. 한 번도 만나 보지 않은 생면부지의 사람을, 살아본 일도 없고, 한 번 대화를 해 본 일도 없는 형제들을 지역적 편견만을 가지고 대하며 사람을 비하하고 있다. 경건의 모양은 있지만 경건의 능력을 부인하는 자들이요 구원과는 상관없는 불의한 종자들임이 분명하다.

우리 조상은 요동반도에 살고 있었던 소호금천씨족이었다. 한반도에서는 그 뿌리가 경상남도 김해로부터 출발한다. 고려시대에는 개성에서 살았지만 이성계가 위화도 회군으로 정권을 찬탈하고 조선을 세우자 1392년 두문동 70인처럼 7형제가 흩어져 각 도에 은거했는데 그중 한 분이 호남에 정착했다. 나는 호남에서 공직자이신 아버지를 따라 여기저기 전학하며 학교를 다니다가 서울에 거주한 지 오십 년의 세월이 지났다.

도대체 거주지를 옮길 때마다 사람의 형질이 변하는 것인지 아니면 고향이 한번 정해지면 자자대대손손 영구불변하는 것인지 그것도 아니면 필요할 때만 고향을 언급하는 것인지 알 수 없는 일이다. 혹자는 제 땅에서 나는 식물과 환경에 영향을 받는다고도 하지만 지금처럼 반나절 생활권에 유무상통하고 외국 농산물이 홍수처럼 쏟아져 들어오는 마당에 과연 맞기나 한 말인가. 또한 냉난방 시설이 완벽한 천편일률적인 아파트에서 사는 세상에 어순이나 맞는 말인가. 참으로 이상한 풍향계의 나라다. 정치를 해도 취직을 해도 사업을 해도 개인별 능력보다는 동서남북 방향이 맞아야 하고, 사람을 채

용해도 방향을 보고 채용하며, 진급을 해도 방향이 맞아야 하고, 결혼을 해도 방향을 보고 하며, 선량選良을 뽑는 일도 방향으로 결정하는 웃지 못할 나라다. 이렇게 작은 나라를 더 작게 세분하는 능력 때문에 아이티 강국이 되었는지 아니면 아이티 강국이 되다 보니 사람들이 좀생이가 되었는지 알 수 없는 일이다. 도대체 이 나라 성씨 중에 고대로부터 중국과 연관되지 않은 성씨가 얼마나 되며, 가까운 일본이나 여진이나 흉노나 거란과 상관되지 않는 사람이 몇이나 되는가. 그 밖에 인도나 몽고나 아라비아나 네덜란드나 베트남의 피가 섞인 것을 알고나 있는 것일까. 호남을 본으로 하는 성씨를 어찌 피할 수 있으며 영남을 본으로 하는 성씨를 벗어나 어찌 살 수 있으랴. 참으로 한심하다는 생각뿐이다. 더더구나 이런 일이 세상의 빛이 되고 소금이 되어야 할 교회에서 버젓이 행해지고 있으니 문제다. 교회가 본이 되어야 하는데 본이 되지 못하고 예언자적 사명을 감당해야 하는데 예언자적 사명도 팽개친 지 오래다. 아니, 그보다 오히려 세상 뒤꽁무니나 따라다니기에 급급하며 뒷북이나 치고 있으니 더 무슨 말이 필요하랴. 제발 정신들 좀 차렸으면 좋겠다. 제 족보도 모르고 조상 선영에 침 뱉는 짓은 이제 그만두었으면 좋겠다.

# 돌다리 건너는 법

1991년도 여름.

그 해 수련회는 우리 교회에서 개최한 수련회 중에서 가장 먼 길이었다. 경상남도 합천군 율곡면 갑산3구. 오래 전부터 계획했던 곳이었다. 그곳으로 일찌감치 수련회 장소를 정한 것은 당시 학생회 지도교사였던 노 선생이 자기 고향으로 가자고 한 바람에 그렇게 된 것이다.

좀 멀다고 느껴지기는 했지만 경치도 좋고, 물도 좋고, 무엇보다도 자기가 잘 아는 곳이라고 하는 바람에 그렇게 쉽게 결정해 버린 것이다. 요즘처럼 자동차가 있으면 간단할 텐데, 아니, 있다고 하더라도 꽤 먼 길이었음이 분명한데 사전 답사할 필요도 없이 그렇게 정해 버린 것이다. 그런데 그곳에 가려면 먼저, 대구까지 기차표를 끊어야 한다고 해서 미리 예매까지 해논 터였다.

"목사님, 두 주 전인데도 자리가 없어 겨우 끊었습니다." 기차표를 예매해 가지고 온 날 노 선생은 조금 상기된 듯한 목소리로 말했다.

“수고하셨습니다. 그런데, 대구에서 어떻게 가지요?”

“그건 염려 마십시오. 그건 제가 다 알아서 할 겁니다.”

알아서 한다기에 알아서 하는 줄로만 알고, 예매해 가지고 온 날 대강 몇 마디 말을 의례적으로 나눈 후 그는 돌아갔다. 그는 자리에서 일어나면서 밤 9시 반 차니까 30분 전에는 역에 도착해야 한 다는 말도 잊지 않았다.

그리고 우리는 며칠 동안 수련회를 준비했다. 항상 하던 대로 학생들은 수련회에서 사용할 책자를 만들고, 시간표를 작성하고, 수련회에서 쓸 물건을 구입하고, 여전도회에서는 밤새워 멸치를 볶고, 김치를 담고, 마늘종을 간장에 조리고, 소시지를 붙이고 등등 밑반찬을 준비했다.

그리고 수련회 당일이 되자 시간을 맞추어 서울역에 모여 역무원의 지시로 한 줄로 서서 출발할 시간을 기다리고 있었다. 정각 아홉시 삼십분. 우리 차례였다. 그런데 정작 개찰을 하려고 하자 역무원이 손을 내저었다. 우리가 예매한 시간은 아홉시 표라는 것이었다. 정신이 번쩍 들었다. 새삼 확인해 보니 시간을 잘못 알고 있었다. 아뿔싸! 처음 기차표를 예매해 가지고 왔을 때 확인하지 않은 것이 불찰이었다. 나도, 노 선생도 단 한 번도 확인하지 않은 채 시간만 보낸 것이다. 우리가 예매한 열차는 이미 30분 전에 30여 석의 텅텅 빈 자리와 함께 떠나버린 것이다. 그러나 어쩔 수 없었다. 사정을 했다. 그러나 한마디로 안 된다고 했다. 그나마 아홉시 반 기차 출발시간도 다가오고 있었다. 만약 이 시간대에라도 못 가면 수련회를 갈 수 없을지도 모르는 일이고 특별히 대구역에 나오기로 한 버스와의 계약도 파기될 판이었다. 난감했다. 급하니 모두 내 얼굴만 보고 있었다. 궁측통窮則通이라고 했던가. 급히 여객전무를 찾아가 통사정을 했다. 그랬더니 나를 한 번 힐끗 보더니 "그럼 자리가 없으니 입석으로라도 가시겠어요?"라고 말했다. "아무렴요." 선택의 여지가 없었다. 출발 시간 5분 전. 그야말로 학생, 청년 들은 비호처럼 달려 출발 전 기차에 가까스로 오를 수 있었다. 안도의 한숨이 나왔다. 그런데 정신을 차리고 보니 급행열차라 좌석이 없어 통로에 줄줄이 서 있는 사람들은 우리 교회 식구들뿐이었다. 좌석에 앉은 승객들은 호기심 어린 눈으로 우리를 보고 있었다. 그도 그럴 것이, 선반에 짐을 올려놓은 것도 부족해서 통로에 짐을 가득 쌓아놓고 있었으니 말이다. 짐이라고 하는 것이 솥단지, 밥그릇, 국그릇, 수저통, 밤새워 만든 밑반찬, 그리고 가방과 텐트 등이었는데 그중에 선반에 올려놓은 양은솥의 시커멓게 그을은 궁둥이가 하얀 의자 커버를 씌운 깔끔한 급행열차 분위기와 묘한 대칭을 이루었다. 그러나 열차가 천안을 지나자 승객들은 우리가 딱했던지 하나 둘 자리에 함께 앉도록 배려를 했다. 불편한 밤은 시간도 빨리 가지 않았다. 그러나 꾸벅꾸벅 졸다가 깨다가 새벽이 되자 대구역에 도착했다. 날이 밝아오고 있었다. 잠시 광장에 모여 기다리니 미리 연락한 버스가 도착했다. 25인승이었다.

삼십여 명이 우르르 올라탔다. 정확히 삼십삼 명이었는데 비좁아 통로에 앉기도 하고 함께 포개어 앉기도 했다. 짐까지 싣다 보니 문이 안 닫힐 만큼 포화 상태였다. 그래도 기차표 사건 때문에 수련회가 무산되는 줄 알았다가 이렇게 차를 타는 것만 해도 천만다행이라 생각되었는지 서로들 놀란 가슴을 쓸어내렸다.

짐과 사람을 가득 실은 차가 출발하였다. 서서히 시내를 빠져 나가는가 싶더니 외곽으로 들어서서 오랫동안 달렸다. 그리고 차는 해가 훤히 뜰 때쯤 이윽고 비탈진 산길로 접어 들어섰다. 한 서너 시간은 달린 것 같았다.

운전기사 맞은편 앞자리에 앉았는데 산토끼가 산기슭에서 나와 뛰어다니는 모습이 보였다. 심심산골이었다. 앞자리에 탄 여자 청년은 낯설고 심란했던지 "위대하고 강하신 주님 우리주 하나님-"이란 복음성가를 계속 불러댔다. 아무튼, 우여곡절 끝에 우리는 경상남도 합천읍에서도 꽤 멀리 떨어져 있는 율곡면 갑산3구에 도착했다. 벌써 정오가 다 되었다. 우리는 서둘러 제법 큰 시내가 흐르는 뚝방 위에 다 가지고 간 텐트를 치고, 살림살이를 정돈하고, 식사를 준비하고, 예배를 드렸다. 그런데 오후가 되자 날씨가 점점 흐려지더니 저녁부터는 바람이 불기 시작했다. 심상치 않았다. 바람의 강도는 점점 더 심해지고 물가 언덕 위에 쳐 놓은 텐트는 넘어지기 직전이었다. 청년들이 교대로 텐트의 폴대를 붙잡았지만 바람을 막기에는 역부족이었다. 할 수 없이 밤예배를 드린 후 마을에 빈 집 하나를 빌렸다. 다시 텐트에 있던 짐을 이삿짐 옮기듯 날랐다. 바람은 밤새도록 그치지 않았다. 청년들은 그대로 남아 있겠다고 해서 텐트 속에서 밤을 보냈는데 아침이 되자 텐트를 붙들고 있던 청년과 학생 들이 돌아왔다.

"뚝방에 바람이 너무 세게 불어 결국 텐트가 무너졌어요"라며 지친 표정으로 말했다.

"바람이 지독해요."

그들은 머리를 절레절레 흔들었다. 그렇게 우여곡절 끝에 수련회는 진행됐다. 그래도 시간시간마다 은혜가 넘쳤다. 불편해도 아무도 불편하다고 말한 사람이 없었다. 아무튼, 금방 도착한 것 같았는데 삼박사일 동안의 수련회 기간이 끝나고 있었다. 그런데 막상 생각해보니 갈 길이 꿈만 같았다. 애써 왔던 길을 다시 되돌아가야 하기 때문이었다. 짐을 챙기고 출발해야 하는데 차가 없으니 소달구지에 싣고 버스길까지 가야 한다고 했다.

아침이 되자 소달구지가 나왔다. 누런 황소가 끄는 수레였다. 청년과 학생들이 달구지에 짐을 싣고 걸어 작은 산을 하나 넘는다고 했다. 나도 함께 가겠다고 했더니 목사님은 힘드시니까 경운기를 타라고 강권하여 할 수 없이 생애 처음으로 털털거리는 경운기를 타고 큰길로 나왔다. 그곳에서 한참을 기다리니 소달구지에 짐을 싣고 청년과 학생들이 앞서거니 뒤서거니 산을 넘어왔다. 이제 군내버스로 갈아타야 한다고 했다. 버스를 갈아타고 합천 시내로 나와 대구 가는 버스를 다시 바꿔 타고 대구에 도착해서 다시 대구역으로 가는 시내버스를 갈아타야 한다고 했다. 까마득한 대장정이 우리를 기다리고 있었다. 삼십여 명의 학생들이 머리에 솥을 이고 밥그릇 국그릇을 담은 보퉁이를 들고, 배낭을 메고 텐트를 들고 이동하는데 대형 텐트는 폴대가 길고 무거워서 두 사람이 끈으로 묶어 앞뒤로 들고 다녔다. 시내버스를 바꿔 타야 하는데 길 가던 사람들이 낯선 행렬을 놀란 듯이 바라보았다. 물론, 대구 시내버스 기사도 학생들이 솥단지를 들고 우르르 차에 올라타니 눈이 휘둥그레졌다.

그해 여름, 유난히도 무더운 대구 시내를 흡사 피난민 행렬처럼 짐 보따리를 들고 이리저리 몰려 다녔다. 그러나 감사한 것은 누구 하나 불평하는 사람이 없었다. 서로의 얼굴을 마주 보며 우스갯소리를 하며 낄낄거리면서 즐거워했다. 아무튼, 수저통을 들고 밥그릇 싼 보자기를 들고, 양은솥을 머리에 이고 천신만고 끝에 대구역에 도착하여 기차를 탔다. 그리고 몇 시간인지 모르는 긴 시간 끝에 드디어 서울역에 도착했다. 그리고 다시 버스를 타기도 하고 걷기도 하여 드디어 교회에 도착하였다.

벌써 삼십 년의 세월이 훌쩍 지나가 버렸다. 옛날이야기가 된 것이다. 그리고 그때 수련회에 참가했던 청년 중 김미지, 이임숙, 마연숙, 최숙자는 목회전선에 뛰어들었고, 긴 폴대를 들고 다녔던 이철영 씨는 안타깝게도 젊은 나이에 세상을 떠났다. 시커먼 밥솥을 들고 다녔던 윤희수는 서울 메트로에 근무중이고 박선녀는 결혼하여 중국음식점을 개업하였다. 김정화와 오현규는 결혼하여 미국 이민을 갔고, 김나옥은 부천으로 이사를 갔다. 그리고 이름이 특이해 늘 웃음을 선사했던 강원도는 대학 진학을 위해 대전으로 내려갔다. 물론 아무 기별도 없이 소식이 없이 끊긴 사람도 있다.

고생을 했지만 그해 여름의 수련회는 우리 교회가 겪은 가장 기억에 남은 수련회 중 하나로 마음속에 자리하고 있다. 그리고 돌다리도 두드려 보고 건너야 한다는 소중한 교훈을 남겨 주었다.

# 아버지의 형상

나의 아버지께서는 81세를 향수하셨다.

사람의 나고 감이 어찌 신비롭지 않을까만 태어나시길 음력으로 8월 15일이니 추석날에 태어나셨고 새 천년을 한 해 보내신 후 2002년 1월 1일 1시에 소천하셨으니 사람의 눈에는 특별하고 기이하게 보일지도 모르지만 아버지의 생애는 특별한 것도 아니고 기이했던 것도 아니고 성실과 정직으로 일관된 삶이셨다.

천석꾼의 아들로 태어나 일찍이 서울로 유학하여 경신고등학교를 졸업하셨고 졸업 후 일본 유학을 가셨지만 먼저 동경에 유학 와 있던 동경치과 전문학교에 다니던 삼촌이 작은할머니 소생(삼대 조부님)이라는 울분을 조카인 아버지에게 쏟아내 행패를 부리고 때린다는 소식을 전해들은 할머니의 엄명으로 중도에 유학을 포기하고 귀국하셨다.

귀국 후 아버지는 어머니와 결혼하셨고 슬하에 4남 2녀를 두셨다. 당시만 해도 고향에는 농토가 많고 살림살이가 풍성해서 생활이 넉넉하고 식객도 많았다. 아버지는 한때 광주에서 신문사에도 근무하셨고 경찰서에도 근무하셨지만 공무원에 뜻을 둔 것이 아니라 그로 인해 병역을 대신했던 것으로 보인다.

아무튼 내가 초등학교에 들어가기 전 우리 가족은 광주 사동에 있는 최부자집 앞에서 살았는데 사동 집은 L자형 기와집이었고 앞에는 작은 화단이 있었으며 화단에는 붓꽃이나 봉숭아, 연필나무 그리고 다알리아 등이 있었다. 집 안으로 들어가면 여름에 주로 상추나 토마토를 심은 작은 텃밭이 있었고 우물은 앞집에 사는 일중이네 집과 같이 썼는데 앞뒷집의 울타리 경계가 우물 중간을 가로질러가기 때문에 물을 길으면서 어머니는 앞집 사람들과 대화도 나누곤 하셨다. 그때 나는 나무판자 울타리 틈으로 대화를 나누던 신기한 광경과 알 수 없는 이야기를 엿듣곤 했다.

집 뒤에는 사람이 살지 않고 울타리만 쳐져 있었는데 감나무밭이 있었다. 그래서 판자 울타리 틈으로 보이는 감꽃과, 그리고 감꽃이 떨어지면서 맺힌 어린감과 어린감이 점점 커가는 모습과 여름 장마 때면 감나무에 떨어지는 빗줄기를 바라보면서 살았다. 초등학교에 들어가기 전 기억이 남아 있는 집이었다. 그 후 우리는 몇 년 동안 살았던 광주를 떠나 영암으로 거주지를 옮기게 되었다. 혼자 계신 할머니 때문이었던 것 같았다. 아무튼 우리 식구들은 영암으로 이사하여 다시 새로운 생활을 시작하였다.

할머니가 돌아가신 것은 내가 초등학교에 들어가기 전이니까 꽤 일찍 돌아가셨는데 할머니 나이 오십대 초반쯤으로 기억된다. 풍성

했던 우리 집 가세가 기울기 시작한 것은 이승만 박사의 토지개혁 때문이었다. 하루아침에 백마지기를 제외한 모든 전답이 소작농들에게 돌아가 주인이 바뀌게 된 것이다. 당시 농사를 짓는 모든 사람들이 그러하듯 우리 집은 농사일 외에는 딱히 할 일이 없었고, 대식구들의 생활비가 만만치 않았던 것이다. 우리 식구뿐만 아니라 서울 신당동에 큰 집을 가지고 살던 작은아버지 집 식구들도 내려와 함께 살았고, 막내 작은아버지는 고대 법대를 졸업한 후 고시공부에 오랫동안 매달렸는데 주로 월출산 천황사에 머물면서 공부했고, 아버지는 그 뒷바라지를 하셨다. 아무튼 돈을 버는 사람은 없고 있는 돈 갖다 쓰는 사람들뿐이었다.

겨울에는 뒷골방에 머슴들이 앉아 새끼를 꼬거나 용마름을 틀거나 화투를 치고 막걸리를 사다 마시고 노래를 불렀다. 그리고 머슴들의 흥얼거리는 노랫소리는 겨울바람을 타고 앞마당까지 아득히 들려오곤 했다. 아버지는 농사를 짓는다고는 하지만 손수 농사를 짓는 것은 아니고 머슴들이 일하는 것을 감독하는 정도였다.

집에는 제니스 진공관 라디오가 있었는데 나는 라디오 속에 사람이 들어 있다고 생각하여 라디오 뒤를 몇 번씩이나 열어보기도 했다. 한편에는 어머니가 쓰시던 싱거 재봉틀이 있었고 윗목에는 어머니가 시집올 때 외할아버지가 손수 만들어 주셨다던 오동나무 장롱이 있었다. 집에는 오래된 잡지들이나 신문들이 있었다. 그것들은 대부분 일본말로 쓰였거나, 아리랑이나 야담과 실화, 장화홍련전이나 숙영낭자전 그리고 정만서의 만화가 그려진 책들이었다. 그런데 그것들은 대부분 오래되어 누렇게 색이 바래 있었다. 아버지는 오래된 잡지를 다시 보거나 아니면 신문을 보거나 누워서 유행가를 불렀다.

아버지가 잘 부르시던 유행가는 "오늘도 해는 지고 눈보라는 날린다. 아득한 벌판 위에 누굴 찾아 헤매나"였다. 한 소절이 끝나면 다시 휘파람으로 한 소절을 불렀다. 그런데 그럴 때면 우연의 일치였는지 모르지만 무료한 겨울 해가 지고 바람을 타고 붉게 언 짚시락물 고드름 사이로 눈발이 휘날렸다. 머리맡에는 항상 검은 옥으로 만든 호랑이를 두고 주무셨는데 그렇게 하면 재수가 있다고 말씀하셨다. 아버지의 유일한 친구는 읍내에서 십여 리 떨어진 군서면에 사는 '음포'라는 호를 가진 분이셨다. 안경을 낀 그분은 가끔 나타나서 "호암" 하고 아버지의 호를 부르면서 찾아오셨고 아버지는 유행가를 부르다 말고 "아, 음포" 하면서 반색을 하며 일어나 나가셨다. 그러나 특별한 일은 아니고 한참을 두 분이서 이야기를 하다가 헤어지곤 하셨다. 허물없는 사이라고 생각됐다.

무료하고 변화 없는 시골 생활에 변화가 찾아온 것은 아버지 나이 삼십대 중반쯤으로 생각되었다. 아버지의 학창시절 친구 김정섭 씨라는 분이 경찰서장으로 부임하게 된 것이다. 그분은 전라북도 부안 출신으로 서울에서 경신고등학교를 다닐 때 아버지와 한 책상에 나란히 앉아서 학창시절을 보내던 단짝 친구였다. 그런데 그분이 시골 경찰서장이 되어 부임한 것이다. 아버지의 생활에 돌연 활기가 돌게 된 것은 당연지사. 그분은 아버지에게 특별한 소일거리가 없고 농사에만 매달리는 것을 보고 정부미 대행 사업을 한 번 해보라 권유했고 아버지는 그 말대로 사업을 시작했다. 그러나 어찌된 일인지 사업이 제대로 풀리지 않았던 것 같다. 매일 인부들 품삯으로 나가는 돈을 감당할 수 없어 얼마 남아 있지 않던 농지마저 빚으로 넘어가 버리고 말았다. 그리고 빚쟁이들이 들어와 제니스 라디오도 가져갔고 어머니가 애지중지하던 싱거 재봉틀도 가지고 가버렸다. 어머니는 두고 두고 그것을 서운해하셨다. 시간이 지나자 아버지 친구 분은 타지로 전근되었다. 그리고 아버지 역시 그 친구 분의 주선으로 공직생활을 시작하신 것이다. 영광에서였다.

결국 우리 집은 아버지 직장 때문에 이향을 하게 되었으니 이성계의 정권찬탈에 반대하여 1392년 두문동 70인처럼 낙향했던 낙향조가 향리에 정착한 이후 567년 만이었다. 이후 부친께서는 여기저기 전근을 다니셨는데 대략 기억나는 곳으로는 영광 외에 광주, 목포, 나주, 강진 등이었으며 이후 공직생활로 평생을 보내셨다.

아버지는 세무공무원으로 생활을 하셨지만 너무 올곧아 생활은 힘들었고 제때에 등록금을 내지 못했던 형제들의 이름이 학교 게시판에 자주 게시되기도 하였다. 그러나 아버지는 정직했고 천성이 모질지 못하고 여려 남의 어려움을 그냥 넘기지 못하셨다.

한번은 평소보다 늦게 퇴근하셨는데 집에 오셔서 장탄식을 하셨다. 내용인즉슨, 시골에 나가 어느 농가에 밀주가 있는 것을 발견하고 단속을 하려는데 늙은 할머니가 죽은 남편 제사 때 쓰려고 한 것이라며 눈물을 흘리며 애원하는 바람에 그만 발길을 돌렸다고 했다. 그런데 그 사실을 이웃에 사는 사람이 밀주를 봐주었다고 투서를 하는 바람에 문제가 되어 해명을 하고 왔노라면서 사람 사는 세상이 그렇게 비정해야 되겠느냐고 말씀하셨다. 눈이 붉었다. 술을 한잔 하신 것 같았다. 아버지는 그 문제로 오히려 정직함이 드러났고 후에 공직생활 중 비리 없는 공직자에 선정되어 진급을 하셨다.

아무튼 고향을 떠나 생활은 어려웠고 힘들었다. 매년 도시의 골목길에서 골목길로 이사를 다녔다. 아버지도 식구들의 생계를 걸머진 고생을 감당하시기 힘드셨을 것이다. 날마다 관내 지역을 돌면서 근무하셨다. 어느 땐가는 차가 끊겨 눈길 30리를 걸어서 왔노라고 말씀하셨다. 그리고 퇴근 후 부르튼 발에 약을 바르시기도 하셨다. 신앙생활에 깊이 경도되지는 못하고 교회를 그냥 나가시는 정도였지만 기독교 신앙의 기본이 사랑이라는 것은 잘 알고 계셨다. 전기한 바와 같이 젊어서 동경 유학을 갔을 때 먼저 와 있던 삼촌에게 맞아 한쪽 귀의 고막을 다쳤지만 삼촌에 대한 원망이나 불평을 하신 일이 없었다. 내가 한마디라도 분을 참지 못하고 말참견을 하면 나를 나무라셨다. 오히려 삼촌은 훌륭한 분이며 젊었을 때는 마라톤도 잘하셨고 공부도 잘하셨단 이야기만 하셨다. 예의도 각별했다. 내가 군대 입대할 때나 휴가 갔을 때나 제대할 때도 꼭 할아버지에게 인사해야 한다며 할아버지가 있는 치과병원에 데리고 가 인사를 시키시곤 하셨다. 더욱이 신학을 공부하고 목회자가 되는 것을 기뻐하지는 않으셨으나 반대하지 않고 어려운 가운데 입학금을 마련해 주셨다.

누구나 다 그러겠지만 요즈음은 길을 가다 아버지와 비슷한 모습을 한 사람을 만나면 문득 아버지 생각에 발걸음을 멈추고 뒤를 돌아보기도 한다. 또 이제 아버지처럼 염색도 하고 돋보기안경을 쓸 나이가 되어 그러는 걸까, 아버지 생각으로 골똘히 시간을 보낼 때도 많다.

어느 형제들이건 다 아버지 쪽과 어머니 어느 한 분을 더 닮듯이 우리 형제들도 어머니 쪽을 더 닮은 형제가 있고 아버지 쪽을 더 닮은 형제가 있는데 나는 어머니 쪽이라고 늘 생각해왔다. 우리 집 내력을 알 만한 사람들도 다 그렇게 말했다. 성격이나, 말하는 것이나 외모 등등.

그런데 어느 핸가 금식으로 살이 빠졌을 때 거울에 비춰본 내 모습에는 작고하신 아버지의 얼굴이 나타나 있었다. 내 안에 아버지의 형상이 살아 있었다니! 그것은 놀라움을 지나 경이로운 발견이었다. 돌아가신 지 오래되어 기억에서조차 까마득한데. 아버지는 돌아가신 것이 아니라 지금까지 나와 함께하신 것이다.

# 개와 인간

인류 역사 이래 개보다 더 인간과 밀접한 관계를 유지하는 동물은 없을 것이다.

왜 모든 동물 중 개와 인간이 뗄 수 없는 끈끈한 유대 관계를 가지고 있는가에 대해서 한마디로 말하는 것은 쉽지 않다. 개가 지닌 친화력이라든지, 생활 조력자로서의 가치라든지, 아니면 인간을 보호하는 본능이라든지, 아니면 또 다른 여타의 이유 때문일 것이다. 아무튼 고대로부터 집을 지키고, 사냥을 하고, 양떼를 치고, 도적을 막고, 극지방에서는 썰매를 끌어 에스키모인들에게는 교통수단이 되기도 하고, 눈 덮인 알프스에서는 인명 구조 활동도 하는 것을 보면 그 효용 가치를 일일이 다 열거할 필요가 없을 듯싶다.

그러나 이렇듯 충직하게 인간의 조력자로서의 역할을 함에도 개만큼 욕을 먹고 사는 짐승도 드물 것이다. 땀 흘린 대가로 돌아온 것은 욕이나 비하의 말뿐이니 말이다.

우리는 흔히 정통성을 인정받지 못한 과일에 '개' 자를 붙인다. 개살구, 개복숭아, 개다래, 개똥참외라 하고 풀들도 하찮은 것이면 개망초, 개밥풀, 개똥쑥으로 전기한 '개' 자가 들어간다. 그뿐 아니라, 떡도 맛이 없고 하찮은 떡을 개떡, 천박한 철학을 개똥철학, 말 같지 않은 소리를 개소리, 지겨운 소리의 연속을 개나발, 얕은꾀를 부리는 것을 개수작, 아무것도 없다는 표현을 할 때 개뿔도 없다 하고, 망신 중에서도 아주 심한 망신을 개망신, 아무 의미 없는 죽음을 개죽음이라 한다. 그뿐 아니라 겉만 번지르르하고 실속 없는 것을 빛 좋은 개살구라 하고, 신빙성 없는 꿈을 노루 잠자다 개꿈 꾸었다 하고, 무자비한 구타를 복날 개 패듯 한다 하고, 초라하고 청승맞은 모습을 초상집의 개로, 볼썽사나운 싸움을 진흙탕의 개싸움으로 비유한다. 더 나아가 아무런 관심도 받지 못하는 처지를 빗대어 개밥에 도토리로, 분한分限 없는 낭비를 미친년 개밥 퍼주듯 한다고 하고, 저급한 시각을 개 눈에는 똥만 보인다로 말한다.

간이 밥상으로 쓰는 마치소반을 개다리소반이라 하고, 부질없이 떠들며 쓸데없는 험담을 하는 사람에게는 달을 보고 짖는 개쯤으로 말하는데 결국은 사람은 늙으면 개 된다는 속담으로 끝나게 된다.

이 정도면 도대체 어디서부터 이런 말들이 비롯되었는지 알고 싶겠지만, 그러나 사람들이 무의식적으로 쓰는 이 말들이 어디서 비롯되었는지 아무도 모를 일이다. 물론 그것뿐 아니라 개에 대한 불행은 이런 욕이나 비하가 아니라 환경을 인위적으로 강제하는 데서 오는 불행이다. 그것은 밖에서 살아야 할 환경을 인간들이 안으로 끌어들인 데서 오는 불행과 혼란스러움이다. 이는 인간의 조력자로서의 개가 아니라 인간의 욕구충족을 위한 취미나 여흥의 대상으로서 또 다른 역할이기 때문이다. 물론 이를 긍정적으로 보는 사람들은 "개 팔자가 사람 팔자보다 낫다"고 할지도 모르지만 밖에서 자유롭게 살 권리를 박탈당한 채 사람들의 오락과 욕구충족의 대상으로서 끌어들이다 보니 아파트에서 짖는 소리가 나지 않도록 성대 결절 수술을 해야 하고, 새끼를 낳지 못하도록 중성화 수술을 해야 하며, 털을 깎고 인간처럼 옷을 입어야 하며, 신발을 신고 칫솔질을 해야 하며, 출산을 해도 사람처럼 제왕절개 수술을 하게 되고, 인간처럼 성인병인 고혈압이나 당뇨가 생기고, 비만으로 관절염이 생기고, 그것을 치료하기 위해서 침을 맞고, 한방 뜸을 뜨고 물리치료를 받으며, 우울증에 걸려 정신과 치료를 받아야 하는 일이 생기는 것이다.

그뿐 아니라 인간의 욕망을 위하여 복서와 도베르만은 어렸을 때부터 꼬리를 자르고 귀를 자르는데 이는 투견으로서 긴 꼬리나 큰 귀가 거추장스럽기 때문이다. 그리고 평생 싸움만을 위해서 존재한다. 닥스훈트는 오소리나 토끼 사냥을 위해서 체격이 작고 다리가 짧은 기형적인 모습으로 만들어졌으며, 도사견 역시 인간 투쟁의 본능적 욕구를 충족시키기 위해서 인위적으로 개량되었고 평생 투견장에 갇혀 싸움을 함으로 존재할 뿐이다. 그러나 그마저 주인의 관심을 받지 못하거나 키우다 싫증이 나면 쥐도 새도 모르게 버림을 받거나 팔려나가거나 유기견으로서의 생을 마치게 된다. 개는 밖에서 자라야 개도 행복하고 사람도 행복한 것 아닌가. 만약 개가 말을 할 줄 안다면 인간의 이기심과 독선에 대해서 어떻게 말할 것인가 궁금하다. 모든 만물을 다스리라는 조물주의 명령은 다른 생명체를 아무렇게나 학대해도 된다는 것인지 아니면 사랑으로 공생하라는 것인지에 대답해야 한다. 술이 취해 아무 곳에나 오줌을 누는 주정뱅이와 훈련을 받아 우주 비행선을 탄 개 중 누가 더 존재 가치가 있으며, 군무를 이탈하여 동료를 살상하는 탈영병과 죽음으로써 제 임무를 완수하는 군용견 중 어느 편이 더 훌륭한가.

이탈리아에는 〈피도의 개〉라는 개의 동상이 있다. 이 동상은 어느 날 물에 빠져 죽게 된 것을 구해 준 주인의 은혜를 잊지 못하여 평생 주인을 기다리다 죽은 개를 추모하기 위해서 세워진 것이다.

때는 바야흐로 2차 세계 대전.

버스를 타고 퇴근하던 주인은 버스가 폭격을 당하는 바람에 그만 죽고 말았다. 그것을 알 턱이 없는 개는 평소에 하던 대로 퇴근하는 주인을 버스 정류장에서 기다렸지만 주인이 오지 않자 그 자리에서 눈비를 맞아가며 13년을 기다리다가 죽었다. —물론 그동안 이를 불쌍히 여긴 사람들이 먹을 것을 갖다 주었지만— 개가 죽은 후 사람들은 이를 가상히 여겨 그곳에 개의 동상을 만들게 된 것이다.

물론 이런 이야기는 우리나라에도 있다. 전라북도 임실군 오수면에 있는 '오수의 개'에 대한 이야기다. 잔칫집에 갔다 오는 길에 술이 취해 잠든 주인에게 들불이 번지지 않도록 자기 몸을 물에 적셔 뒹굴기를 수십 차례, 결국 주인을 구하고 자신은 죽게 된다는 내용이다. 고려시대 최자가 쓴 보한집에 수록된 이야기다. 최근에는 진도군 의신면 돈지리에서 대전으로 팔려나간 백구가 7개월 만에 자기 집을 찾아와 온 국민에게 애잔한 감동을 주고 있다. 십여 년 전 내가 진도에 갔을 때 마을 사람들은 지금은 그 백구가 죽고 백구가 낳은 딸이 살고 있노라고 전해 주었다.

그 외에도 개에 대한 감동적인 이야기는 끝이 없다. 이쯤 되고 보면 인간이 개에게 배워야 할 것인가, 아니면 개가 인간에게 배워야 할 것인가 생각해야 한다. 개는 자기에게 베풀어준 작은 은혜를 평생 잊지 못하여 죽도록 충성하는데, 하늘같은 은혜를 받았으면서도 배신을 밥 먹듯 하는 인간 군상들과 누가 더 나은가. 개인가 사람인가.

더더구나 목회를 하다 보면 허다한 배신으로 밤잠을 이루지 못할 때가 많다. 우리가 아무 거리낌 없이 하는 말 가운데 "개 같다"느니 "개보다 못하다"느니 하는 말을 이제는 막 해도 되는 것인지 이쯤에서 심사숙고할 때가 된 것 같다.

# 소나무

우리나라 애국가의 주제는 '불변'이다.

바람소리가 불변하고, 밝은 달을 바라보면서도 일편단심을 생각하고, 괴로우나 즐거우나 나라 사랑하는 마음이 변치 말자는 것이 골자다. 그런데 이 불변의 중심에 남산의 소나무가 있다. 남산의 소나무는 전쟁의 장수처럼 철갑을 두른 듯하고 괴로우나 즐거우나 나라 사랑하는 마음이 변치 않는 나무다. 그래서 우리나라에서 생각하는 소나무는 최소한도 절개와 불굴의 정신과 기상, 그리고 한겨울에도 청청한 빛을 잃지 않은 의연한 모습이다.

이런 이유 때문에 우리가 소나무를 사랑하는 민족이 되었는지는 모르지만 자고로 화가들은 십장생 중 하나인 소나무를 즐겨 그렸으며 고산 윤선도는 오우가에서 소나무를 노래하였다. 우리도 까까머리 중학생 때 배운 노래가 독일 민요에 가사를 붙인 "소나무야 소나무야 변함이 없구나"라고 했지만 사실은 전나무를 소나무로 바꾸어 불렀을 뿐이다.

고등학교 시절에는 “일송정 푸른 솔은 홀로 늙어갔어도”라고 시작하는 선구자란 노래를 목청껏 부르고 다녔다. 그리고 가끔씩은 “내 놀던 옛동산에 오늘 와 다시 서니 산천 의구란 말 옛 시인의 허사로고…… 예 섰던 그 큰 소나무 베어지고 없구려”라는 노래를 부르기도 했는데 가사 때문인지 곡 때문인지 아련한 추억에 잠겨 가슴이 먹먹해지기도 했다.

우리 민족의 마음의 중심에 늘 자리하고 있는 소나무!

우리들은 왜 그토록 소나무를 흠모하며 노래했던 것일까. 추사 김정희는 멀리 제주도로 귀양 가서 「세한도」라는 그림을 그렸는데 그것은 어려운 환경에서도 변치 않는 마음을 보여준 제자 이상적에게 그려준 그림으로, 그 중심에 소나무(잣나무)가 자리하고 있다. 충북 보은 속리산에 있는 소나무는 세조의 행차시 임금이 탄 가마가 가지에 걸렸다는 말을 듣고 스스로 가지를 들어 올려 가마를 지나가게 한 일로 세조로부터 정2품이란 벼슬을 하사받아 입신양명한 전설을 담고 있다.

사람의 말을 알아듣고 임금의 행차까지도 아는 소나무는 그 신령함 때문에 사랑을 받는 것일까. 아니면 변치 않은 절개 때문인가. 그러나 자세히 들여다보면 꼭 그런 것만은 아닌 것 같다.

사실 소나무가 정작 사랑을 받는 이유는 백성들의 삶 속에 들어와서 함께 생사고락을 한 것 때문이 아닐까.

소나무는 전기가 없던 캄캄한 시절에 제 몸의 관솔을 내주어 백성들의 어둔 밤길을 밝혀주었다. 선비들에게는 제 몸을 불사른 그을음으로 송연묵을 만들어 시가 되고 노래가 되게 하였으며 시인 묵객들의 사랑을 받는 문방사우 중 하나가 되었다.

그뿐 아니라 한가위 때는 아낌없이 솔잎을 내주어 온 나라에 솔향기로 송편을 빚게 하고 한 해의 땀 흘린 수고를 달래주었다. 봄이면 송홧가루를 날려 다식을 만들어 먹이기도 하고, 춘궁기 때는 먹을 것이 없는 백성들을 위해 제 껍질을 벗겨 송기떡이 되어 굶주린 백성들의 허기를 달래주기도 한 공로가 크다. 그리고 땅속줄기에 복령을 매달아 밥이 되고, 떡이 되고, 죽이 되기도 했다. 그뿐인가. 백로 때가 되면 온 산에 송이버섯을 길러내 주고 제 몸의 진액을 빼내어 송담을 키우고, 송라를 키우고, 겨우살이를 길러 백성들을 돌보았다.

또한 제 몸의 상처에서 흐르는 진액은 땅으로 흘려보내어 천년의 세월을 지낸 후 호박琥珀을 만들어 사람들을 행복하게 해 주었고, 이른 봄 햇순으로는 송순주를 빚고, 잎으로는 송엽주를 빚고, 옹이진 곳을 내어 송절주를 만들어 민초들의 오장육부에 들어가 힘들게 살아온 한세상 시름을 잊게 하였으니 그 희생이 감동적이다.

그리고 마침내 온몸을 다 바쳐 기둥이 되고, 서까래가 되고, 대들보가 되어 백성들의 안식처를 만들어 주었으니 더 무슨 말이 필요하랴.

나무가 거룩하니 모든 것이 거룩한 것일까. 그리하여 사람들은 소나무 곁을 스치는 솔바람 소리마저 놓치지 않고 속세의 때를 씻어낸다 노래하였다.

숭고하고 감동적인 생애!

사람들이 잊지 못하고, 노래하고, 흠모하는 것은 단순히 변치 않는 절개나 기상, 그리고 한겨울에도 그 빛을 잃지 않는 청청한 모습만을 말하는 것만은 결코 아니리라. 그보다는 가난한 민초들과 고락을 같이한 헌신적인 삶의 모습이 백성들의 가슴속에 면면히 살아 있기 때문이 아니겠는가.

# 코의 수난

코는 소통기관이다. 외부와 내부를 연결하는 소통기관으로서 분초도 쉬지 않고 움직이므로 생명을 유지시키는 소중한 기관이다. 따라서 창세기에는 하나님이 인간을 창조하신 후 코에 생기를 불어넣어 비로소 생령이 되었다고 생명의 시작을 밝히고 있다.

또 고대 중국 진나라 시대 관리였던 허정양이 쓴 복기서에 보면 인수태어모 기생시성비 화가화인 비시 고비운조(人受胎於母 其生始成鼻 畵家畵人 鼻始 故鼻云祖)라고 했으니 이는 사람이 어머니 태중에 수태되었을 때 코부터 먼저 형성되며 화가가 그림을 그릴 때에 코부터 시작하므로 비를 조라 한다 하였고, 역시 한나라 시대 허웅의 양자방언에도 사람이 잉태될 때 가장 먼저 코가 생긴다, 그러므로 코를 조라고 한다고 기록하고 있다. 그런 연유 때문인지 흔히 시조를 비조라고도 하는데 이는 조祖와 초初를 같은 의미로 보기 때문이다.

아무튼 코는 우리 인체에서 끊임없이 내외부를 연결하는 소통기관으로서 생명을 유지시키는 중요한 부분이므로 코로 숨을 쉬기 시작하여 삶의 태동이 시작되고 코에 숨이 멈추는 때 생애를 마감하게 된다. 그뿐 아니라 코는 대략 4천 가지의 냄새를 맡을 수 있고, 하루에 13,400리터의 공기를 실어 나르고, 몸으로 들어가는 먼지를 걸러내는 필터의 역할도 한다.

또한 모든 인간의 코에는 극소량의 철이 있어서 지구 자장이 있는 곳에서 방향을 잡기 쉽게 하며 빛이 없는 곳에서도 역시 이것을 이용해 방향을 잡게 해준다. 두 개의 콧구멍은 3-4시간마다 활동을 교대하며 한쪽이 냄새를 맡는 동안 다른 한쪽은 쉬는 등 중요한 역할을 한다. 그런데 이런 생명유지수단 외에도 사람의 외모의 중심선으로서 미적 가치라든지 사람을 평가하는 잣대로도 사용되고 있으니 콧날이 오뚝하다 하면 예쁘다는 뜻으로, 콧대가 주저앉았다고 표현하면 박색쯤으로 인식되기도 한다.

또한 콧대가 높으면 자존심이 강하다는 뜻으로, 콧대가 세다고 하면 자존심뿐만 아니라 자기주장이나 고집이 강하다는 뜻으로 이해하기도 한다. 그러나 코가 석 자나 빠졌다고 하면 우선 자기 일이 어렵고 급하게 되었다는 뜻으로 풀이하기도 한다.

코가 꿰었다고 하면 약점이 잡혀 끌려 다닌다는 뜻이요 코웃음을 친다고 하면 가볍게 비웃는다는 뜻으로, 콧방귀를 뀐다고 하면 남의 말을 대수롭지 않게 여긴다는 말로 여긴다.

코빼기도 안 보인다고 하면 전혀 성의 없이 나타나지 않는다는 말로, 큰코 다친다고 하면 몹시 좋지 않은 일을 당할 거란 경고성 의미로도 쓰인다.

코대답은 건성으로 하는 대답이요, 재수 없으면 뒤로 넘어져도 코가 깨진다는 말이 있는가 하면, 눈 감으면 코 베어간다는 말은 그만큼 각박한 세태를 말한다.

우리나라 사람들이 맨 처음 서양 사람들을 본 인상을 코쟁이란 말로 대신했는데 이는 인체 기관 중에서 코가 대변될 만큼 상징성이 크다는 뜻이리라. 이런 이유 때문일까, 동의보감에 보면 코를 신로神盧라 하여 신기가 출입하는 문이라고 설명하고 있으며, 춘향전에서 월매가 코 큰 사위를 얻는다 하여 은근히 코와 성적 연관성을 지어 해학적 표현을 하고 있음을 볼 수 있다. 물론 이것은 사실적인 것보다는 은유적 표현이며, 출처가 불분명한 민속신앙으로 믿거나 말거나지만. 그런 연유 때문인지는 몰라도 우리나라에 있는 석상들은 대부분 코가 망가져 있는 것들이 많다. 즉, 애를 낳지 못한 여인들이 코를 떼어다가 갈아먹기 때문이라는 것인데 웃어야 할지 울어야 할지 모를 기이한 일이다.

한동안 프랑스 대통령이었던 드골의 코가 대단히 높다는 것이 인구에 회자되기도 했다. 내가 학생시절에 본 드골은 정말이지 유난히 콧대가 높아 보였다. 마치 알프스산이나 알프스산 중에서도 가장 높은 몽블랑과 같다는 생각을 할 때도 있었다. 그래서 그런지 몰라도 드골은 재임 기간 내내 강력한 리더십으로 프랑스 국민들의 자존감을 높이는 데 일조를 했다. 역사적으로는 이집트 여왕 클레오파트라의 코가 조금만 낮았더라면 세계역사는 달라졌을 것이라는 파스칼이 「팡세」에서 한 말은, '만약 아름답지 않았더라면'이라는 가정법으로 흥미를 유발시킨다. 만일 그랬더라면 시저가 그에게 반할 일이 없었을 것이요 동생을 죽일 일도 없었을 것이며 악티움 해전도 일어나지 않았을 것이란 상상력이 재미를 더해준다.

몇 해 전 이집트를 가서 보니 스핑크스의 코가 망가져 있는 것이 볼상사나웠다. 여행 안내책자를 보니 그것은 열심 있는 이교도들이 스핑크스의 코가 피라미드에 생기를 불어넣는다 하여 뭉개버렸다고 했는데, 막상 이집트에 가서 가이드의 이야기를 들어보니까 이집트 정복에 나선 나폴레옹이 스핑크스의 코에 거부감이 들어 부하들에게 포사격을 하라고 명령하여 저렇게 됐노라고 말했다. 그러면서 부서진 코 조각은 대영박물관에 보관중이며 나폴레옹의 병과는 포병이었다고 가이드는 부연설명을 하였다. 그러나 정작 나폴레옹 전기에 보면 인재를 뽑아 쓸 때 비슷한 능력이면 코 큰 사람을 우선하여 썼다는 말도 있고 보면 그 진위 여부가 알쏭달쏭하기만 하다.

그런데 이 밖에도 이집트 곳곳에는 이유를 알 수 없이 코가 망가진 석상들이 많이 있었다. 물론 이집트뿐만이 아니었다. 그리스 아테네 박물관에도 코가 부서진 조각상들이 많이 있었고 고린도에도, 로마에도, 터키에 갔을 때도 코가 망가진 조각상과 머리통들이 수없이 많았다. 밀로스의 포세이돈 석상도 코가 망가졌고 에페수스의 플라잔 황제의 석상도, 디오니소스 석상도 코가 부서져 있었다. 이렇듯 코가 수난을 당하는 것은 보기에 교만하다거나 생기를 불어넣는다거나 아들을 낳을 수 있다는 속설 때문이거나 하는데 여자석상이 망가진 것은 또 무슨 연유 때문인지 모를 일이다. 에페수스에 있는 셀수스

도서관에 세워진 여자석상의 코가 그렇고 역시 에페수스 박물관에 있는 아르테미스 여신상의 코가 부서진 것은 어떻게 이해해야 할 것인가. 우연히 망가진 것일까, 아니면 잦은 전쟁 때문인가, 아니면 질투 때문인가. 그도 저도 아니면 재수 없이 뒤로 넘어져도 코가 깨진 것일까. 좌우지간 인간이 만들고 인간이 다시 부숴버리는 이런 악순환은 어느 때까지 지속될 것인지 의문으로 남는다. 옛 우리 조상들은 말하길, 이마는 부모 은덕쯤으로 코는 하늘의 은택을 나타내는 것쯤으로 말했다. 물론 근거는 없는 것이니 신빙성은 없지만. 그런데 요즘은 성형외과에서 코 성형수술을 하는데 관상사주 보는 사람과 연계하여 소개해주고 소개를 받고 한다니 이 또한 희한한 일이라 여겨진다. 콧대를 세우기도 하고 콧날을 낮추기도 하고 서양 사람처럼 코끝을 살짝 들어올리기도 하는 모양이다. 콧대가 높으면 인상이 또렷해 보이지만 반면에 강하거나 차가운 느낌이 들고, 반대로 콧대가 낮으면 얼굴선이 분명치는 않으나 친화력이 있어서 대인관계에 부드러운 인상을 주는 것이니 다 일장일단이다. 또 서양 사람들 입장에서는 코끝이 들리는 것이 미의 기준이 될지 모르지만 우리의 관점에선 코가 들리면 들창코라 하여 빗물이 들어간다고 말하기도 하고 "들창 넘어 들려오는 그대 목소리"란 노래의 주인공이 되기도 하는데 그런 것은 별 안중에도 없는 듯하다. 생명유지의 본래 목적과는 달리 외형적인 미나 속설 때문에 끝없이 지속되는 코의 수난!

아무튼 창세로부터 시작되어 인류 역사와 그 맥을 같이한 파란만장한 노정은 언제쯤 끝날 것인지 아무도 모를 일이다.

# 공룡의 끝

철이 들어 내가 맨 처음 밖에서 들었던 소리는 울력 나오라는 소리였다.

"집집마다 삽이나 곡괭이를 들고 울력 나오세요."

밖에서 고래고래 외치는 소리가 들려오면 집집마다 대표로 누군가가 삽이나 곡괭이를 들고 나가 울력에 참여하였다. 울력이란 것이 메워진 도랑을 파고 어디선가 자갈을 펴와 신작로에 깔고 허물어진 축대를 쌓고 하는 일 등인데 잊어버릴 만하면 울력 나오라는 소리가 들렸다. 합심해서 마을의 크고 작은 일들을 하자는 말이었다.

그리고 울력 나오라는 소리가 잦아들 무렵 새마을 사업을 한다고 아침마다 마을회관 스피커에서 "새벽종이 울렸네 새 아침이 밝았네 모두 모두 일어나 새마을을 가꾸세"라고 했고 그 노래가 끝날 때쯤해서 연이어 "잘살아보세 잘살아보세 우리도 한 번 잘살아보세"라는 노래가 흘러나왔다. 대부분 하는 일들은 비슷하였다. 도랑을 치우고, 길을 넓히고, 장마에 쓸려나간 담장을 보수하는 일이었다. 그리고 그 일은 상당히 오래 계속되었으며, 단순히 마을 일을 협동으로 하는 울력과는 달리 다리를 놓고, 초가지붕을 뜯고 슬레이트로 바꾸고, 새로 길을 내곤 하였다. 온 나라가 떠들썩했다.

눈에 보이는 것은 모두 공사판이었다.

새마을 공사와 더불어 시작된 것은 농지 정리이고 그것이 끝날 즈음 되어서 고속도로 공사가 시작된다고 하였다. 그리고 서울을 기점으로 아파트 공사가 시작되었다. 농촌은 농촌대로 도시는 도시대로 육교를 놓고 고가도로를 놓고 지하차도를 파고 인터체인지를 만들고, 그 끝자락쯤 해서 지하철 공사를 한다며 기약 없는 공사가 시작되었다. 서울이 지하철을 놓고 나니 부산에서 공사가 시작되었다. 그리고 대구와 광주와 인천이 차례로 땅을 팠다. 지하철 1호선으로는 교통난 해소에 턱없다며 2호선을 내고 3호선을 내고 차례로 지하철 공사가 진행되었는데 이제는 셀 수 없을 정도가 되었다. 지하철 공사가 마무리될 정도가 되어서 도시순환 고속도로가 만들어졌다. 제1 경인고속도로 옆에 제2 경인고속도로가 생기고 자유로 옆에 제2 자유로가 생겼다. 전국적으로 동과 서 할 것 없이 공사를 해댔다. 동해안은 동해안대로 서해안은 서해안대로 중부는 중부대로 내륙 고속도로가 건설되었다. 한 가지 공사가 끝나면 기다렸다는 듯 다른 공사가 시작되었고 어떨 때는 동시다발적으로 공사가 진행되기도 했다.

나는 태어난 이후 단 한 순간도 공사를 피해 살아 본 적이 없다. 길을 가면서도 고층 건물 건설현장의 크레인이 머리 위를 빙빙 도는 것을 보고 불안한 마음으로 지나가야 했고, 도로 공사 중이라며 앞을 가로막은 간판을 보고 차도로 눈치를 살피며 피해 가야 했고, 위에서 떨어지는 낙하물을 받기 위한 차광막 밑을 지날 때에도 조마조마하기는 마찬가지였다. 최근에는 잦은 대형공사로 도심 여기저기에 씽크 홀이 생겨 소리 없이 지하로 꺼져버리는 버뮤다 삼각지 같은 세상에 살다 보니 불안하기만 하다.

왜 우리는 편하게 살기 위해 공사를 하면서 이렇게 불편한 세상을 살아야 하는가. 도대체 공사는 언제 끝날 것인지. 이 세상 살아가는 가운데 공사 없는 세상은 아예 없는 것인가. 매연과 소음, 굉음과 분진의 끝은 보이지 않는다.

그런데 최근 우리 동네에 공사판이 벌어졌다. 이 공사는 이미 지어놓은 집들을 허물고 재개발한다는 공사였다. 그중에 갓 지은 지 1년이나 2년밖에 되지 않은 집도 대상에 포함됐다. 이유는 구역이 같기 때문이라는 것이었다. 모두 때려부숴 아파트를 짓는다고 했다. 그와 동시에 오래된 고가도로를 철거한다고 했다. 온 동네가 뿌연 공사장 먼지와 덤프트럭에서 흩날리는 먼지로 가득했다. 그리고 고가도로를 철거하고 나니 오히려 더 보기 좋고 교통 환경 영향평가를 했는데도 지장이 없다고 했다. 언제는 교통난 때문에 고가도로를 놓는다 하더니 철거해도 별 지장이 없다고?

그럼 처음부터 그것을 모르고 지었단 말인가. 기가 찼다. 고가도로를 철거하고 나더니 중앙차선을 만든다고 법석을 떨었다. 그리고 보도블럭 공사를 다시 해야 한다며 교체한 지 얼마 되지 않은 길을 온통 다 뜯어놓았다. 사람들은 다시 엉금엉금 거북이걸음으로 파헤쳐

진 길은 여기저기 피해 다녔다.

노란 완장을 찬 사람들이 교통을 통제한다며 호루라기를 불고 그 사이로 건축폐기물을 가득 실은 차들이 다니고, 한편에서는 도로 포장을 한다며 아스콘을 붓고 그 위에 모래를 깔고 모래 위에 비질을 해댔다. 차도로 다니는 것도 불편했고 인도로 다니는 것도 불편하기는 마찬가지였다. 그리고 연말이 되니까 다시 공사가 시작되었다. 가스관을 매설한다고 했다. 그리고 얼마 있지 않아서 다시 그 자리를 뜯어냈다. 수도관을 매설한다고 했고, 그리고 다시 도로 한편 아스팔트를 칼로 시루떡 자르듯 잘라냈다. 이번에는 무슨 공사인지도 불분명했다. 아예 연례행사처럼 연말이 가까워 오면 땅을 파헤쳐댔다. 도대체 무슨 오묘한 조화인지 알 수 없었다. 우리는 과연 공사를 위해서 태어난 민족인가. 아니면 공사할 일이 우리나라에는 그렇게 많은 것인가.

연전에 나는 미국 시애틀에 가서 며칠 묵은 적이 있었다. 그때 함께 동행한 우리 일행이 묵은 호텔은 지은 지 90년이 넘은 호텔로서 하루에 숙박료가 80불씩 하는 서민 호텔이었다. 지은 지 90년이 넘었다면 매우 오래된 호텔임이 분명한데 불편한 것은 아무것도 없었다. 오래된 느낌은 들었지만 낙서 자국 하나 없었고 흠집 하나 없는 호텔 방이었다. 라운지나 엘리베이터나 할 것 없이 깔끔하게 정돈된 느낌이었다. 정갈했다. 로마에도 가 보았다. 새것보다 헌것이 많으며 건물도 오래된 것들이 더 많은 느낌이었다. 공사판 소리도 들리지 않았다. 그리스도 마찬가지였고 터키도 그랬다. 조용하고 고즈넉한 분위기들이었다. 오래된 것들도 소중하게 생각하는 사람들! 한마디로 그런 인상이었다. 우리처럼 20년도 안 된 건물을 뜯어 새로 짓는다 하고, 더구나 지은 지 1,2년도 안 된 것들을 부수고 허물어버리는 공사판 풍경과는 사뭇 다른 느낌이었다.

바야흐로 온 국토가 거대한 회색빛 시멘트덩이 천지로 변하고 있다. 우리는 왜 한사코 편리한 세상을 꿈꾸면서도 불편한 세상을 만드는 것일까. 오늘도 도시는 잠들지 못하는 거대한 공룡처럼 끊임없이 소리를 지르고 분진을 내뿜으며 꿈틀대고 있다. 과연 이 공룡의 끝은 어디까지인가,

# 살맛나는 세상

우리 민족은 모든 것을 맛으로 표현한다.

또한 모든 것을 맛으로 수용하고 이해한다. 어렸을 때 맛을 잊지 못하여 장성해서 결혼하고 자식을 낳고 늙어죽을 때까지 어머니의 손맛이나 외할머니의 손맛을 그리워하고 이도 저도 아니면 이모의 손맛까지도 용케 기억하고 살아가는 사람들이다. 그래서 그런지 길거리에 다니다 보면 어머니나 외할머니나 이모라는 이름의 음식점 간판을 내걸고 장사하는 사람들을 심심찮게 발견하곤 한다.

물론 이는 단순히 음식의 맛만을 말한 것은 아니다. 낚시질하는 사람은 고기잡이가 목적이 아니라  손맛을 보기 위해서 낚시질을 하고, 축구 경기에 열광하는 사람들은 경기 자체보다는 골맛을 보기 위해 경기를 관전하고 골이 터질 때마다 환호한다. 물론 축구 경기를 좋아하는 것은 우리 민족에게만 국한된 것은 아니지만 골 들어갈 때마다 맛을 느끼고 표현하는 민족은 우리밖에 없을 것 같다. 그뿐 아니라 나이를 물어볼 때도 영어로는 "얼마나 늙었느냐"의 의미를 가지고 있지만 우리는 "얼마나 먹었느냐"로 표현한다. 그래서 나이도 먹는 민족이다. 복을 받는 것도 먹고 마시는 것쯤으로 이해하니 제사 음식을 먹는 것도 음복이라 표현하고, 사람을 평가할 때도 입맛 없는 사람이라 하고, 사업에 실패한 사람에게는 쓴맛을 보았다고 말한다. 상대방에게 설욕을 다짐할 때 따끔한 맛을 보여주겠노라고 하고, 인생에서 산전수전 다 겪었다는 표현을 단맛 쓴맛 다 보았다고 말한다. 음식이 변질된 것도 맛이 갔다고 하지만 온전치 못한 사람을 가리켜 맛이 갔다고 표현하기도 한다. 챔피언 벨트도 먹었다고 하고 주먹맛도 보여주마고 상대방을 윽박지르기도 한다. 이뿐 아니라 감정을 표현하는 것도 배신은 쓰다로 표현하고, 신혼은 달콤하다고 하며, 인색한 사람을 가리켜 짜다고 하고, 지나친 사람을 아예 소금이라 말하기도 한다. 당찬 사람을 작은 고추가 맵다고 표현하기도 하고, 알맹이가 없는 허튼짓 하는 사람을 싱거운 사람이라고 하며, 지나치게 우유부단한 사람을 물이라고 하기도 한다. 물론 중국 음식 맛을 표현할 때는 불맛이라 표현하기도 한다. 이는 단순히 음식 맛의 직접적인 의미와는 다른 차원이라는 것을 알 수 있다. 연전에 중국에 갔더니 가이드가 말하길 "중국에는 모든 것이 음식 재료입니다. 세상에 비행기하고 책상다리만 빼놓고 다 먹을 수 있습니다"라고 하여 한바탕 웃은 일이 있다. 참으로 미각이 발달한 사람들이라 여겨졌다. 그런데 우리 민족이 말하는 맛이란 뜻은 단순히 음식 재료나 조리법을 말하는 것이 아니라 맛과 연관된 삶에 철학이 깃들어 있음을 가리키는 말이기도 하다.

가령 입맛을 잃었다고 하면 몸에 이상이 있거나 충격을 받았거나 병이 든 것쯤으로 생각하며, 입맛이 돌았다면 회복이 되거나 살 소망이 있는 것쯤으로 이해하기도 한다. 또 단순히 그것뿐 아니라 삶의 의미가 있는 좋은 세상을 살맛나는 세상으로, 반대로 삶이 무의미하고 실망스러울 때는 살맛이 없다고 말하기도 한다.

내가 어렸을 때는 한국전쟁이 끝나고 얼마 되지 않은 때여서인지 살기가 힘들었다. 초등학교 때 학교에서 담임선생님이 내일 학교에 올 때 보자기를 하나씩 가져오라고 해서 가져가면 예외 없이 미제 드럼통에 든 우유가루를 한 양푼씩 퍼주었다. 그러면 아이들은 그것을 집으로 가지고 가서 물에 타 먹기도 하고 밥 위에 쪄먹기도 하지만 몸에 맞질 않아 며칠씩 배앓이를 하던 기억이 아직도 생생히 남아 있다. 당시에는 쌀밥 구경을 하는 것은 하늘의 별 따기였고 고깃국은 제삿날이나 명절이 되어서야 구경할 수 있었던 힘들고 어려운 시절이었다. 또 보릿고개니 춘궁기니 하는 말이 연례행사처럼 되풀이되곤 하였다. 그런데 그때는 사실 자살하는 사람이 많질 않았다. 이 고비만 넘기면 살맛나는 세상이 올 거라고 믿고 있었기 때문이었을 것이다. 그런데 지금은 그때에 비하면 말할 수 없이 풍요로운 가운데 살고 있지만 자살하는 사람들이 많아졌다. 도대체 자살률 세계 제1위라니 참으로 놀라운 일이다. 도대체 왜 사람들은 자살을 선택하는 것일까. 거기에는 저마다 이유가 있을 것이다. 사업이 실패했다든지, 실연을 했다든지, 질병이 있다든지, 가정이 파탄났다든지, 등등. 그러나 가장 중요한 것은 살맛을 잃었기 때문일 것이다. 쉽게 말하면 입맛을 잃은 것이다. 왜 세상에 살맛이 없어지는 것일까. 살맛 나는 세상은 누가 만들어야 하는 것인가. 성경에는 기록하길 "너희는 세상의 소금이라" 하였다. 주지하다시피 소금의 기능은 부패를 방지하는 기능과 그보다 더 중요한 맛을 내는 기능이 있다. "만일 소금이 맛을 잃으면 무엇으로 짜게 하리요"라는 말씀에서 우리는 그 의미를 알 수 있는 것이다. 다시 말하면 소금이 맛을 잃어버리면 밖에 버려진다는 것은 소금이 존재하는 이유가 어디에 있는가 하는 것을 가르쳐준 말이다.

이스라엘은 암염을 사용한다. 목동들은 때때로 암염을 길에 뿌리는데 양떼들의 소금 결핍을 방지하기 위해서이다. 양떼들은 부족한 염분을 보충하기 위해서 땅에 뿌려 놓은 소금을 핥아먹지만 먹다 남은 소금은 염분이 사라지고 오래되면 그 기능을 상실하게 된다. 따라서 맛을 잃어버린 소금은 단지 오가는 사람들에게 밟힐 뿐인 것이다. 성경은 바로 이런 배경에서 우리에게 말하고 있다.

물질문명은 날로 발전하는데 바야흐로 세상은 맛을 잃어가고 있다. 그래서 점점 삶을 포기하는 사람들이 더 늘어나고 있다. 따라서 오늘의 문제는 어떻게 하면 경제가 발전하고 국민소득이 점점 더 높아질 것인가 하는 것이 문제가 아니라 상실한 맛을 되살리는 것이 문제다. 누가 소금처럼 자신을 녹여 세상의 잃어버린 맛을 되살릴 수 있을 것인가.

# 산

우리 민족은 산을 좋아한다.

국토의 70%가 산이라는 특수성 때문일까. 아니면 오랫동안 산에 기대어 산 세월 때문일까. 산을 노래한 시인 묵객들이 유난히 많다. 방랑시인 김삿갓은 "해마다 구월이 되면 구월산을 지난다"고 구월산을 노래하였고, 김시습은 청평산을, 그리고 송시열은 금강산을 노래하였으며, 김소월은 「산유화」에서 "산에서 우는 작은 새여 꽃이 좋아 산에서 사노라네"라고 노래하였다.

이스라엘 같은 경우는 나라 전체를 말할 때 '단에서 브엘세바까지'란 지명을 쓰지만 우리나라 사람들은 '백두에서 한라까지'라 하여 두 산 이름을 기준점으로 하고 있다. 또한 백두산을 민족의 영산이라 하고 온 나라를 백두대간이라 부르기도 한다. 또 임금님이 앉아 있는 용상 뒤에는 '일월오악도'라 하여 전국에 있는 다섯 개의 명산 위에 해와 달을 그려 넣은 병풍이 자리하고 있으며, 풍수지리에 있어서도 배산임수가 명당의 기본 조건으로 알려져 있다. 그 밖에 금계포

란형이네 금환락지네 하는 것도 알고 보면 산과 유관한 지형을 말한다. 그뿐 아니라 천하대피소로 십승지지十勝之地를 말하는데 십승지지란 대부분 깊은 산골짜기로 피란하기 좋고 목숨을 부지하기 좋은 땅들을 말한다. 이런 연유일까, 애국가에도 산 이름이 두 개가 들어가니 1절의 "동해물과 백두산이"에서 백두산이 들어가며 2절의 "남산 위에 저 소나무 철갑을 두른 듯" 하다 하여 남산이 들어간다. 글쎄, 잘은 모르지만 애국가에 산 이름이 두 개씩이나 들어가는 나라가 몇 개국이나 될 것인가 생각해본다. 미국만 하더라도 그 내용이 "너는 보느냐 이른 새벽 저 빛을 보라. 작렬하는 포탄과 붉은 섬광 속에서도…… 성조기는 자유와 용맹의 땅에서 휘날리리라"는 내용으로 산 이름이 없다. 또 일본의 애국가인 기미가요는 우리 애국가의 절반도 안 된데다가 그 내용도 "우리 님의 세상은 천년 만년 이어지소서. 조약돌이 바위가 되어 이끼가 낄 때까지"로 역시 산 이름이 없고 바위와 돌멩이 이야기만 있을 뿐이다. 역시 우리의 이웃인 중국의 애국가인 의용군 행진곡도 "일어나라 노예가 되기 원치 않은 사람들이여 우리의 피와 살로 새로운 장성을 쌓아가자…… 적의 포탄을 뚫고 전진! 전진!" 대략 이런 내용이다. 산으로 본다면 미국은 로키산맥이 있고, 일본은 후지산 그리고 중국은 태산이나 천산, 황산 등 크고 작은 명산들이 우리와 비교할 수 없을 만큼 많지만 산 이름과 상관이 없는 것을 보면 아무튼 우리는 좀 특이한 민족임이 분명하다. 그런데 이런 산 이름은 비단 애국가에만 있는 것이 아니라 대부분 학교에서 부르는 교가에도 있다. 산 이름이 들어가지 않은 학교 교가가 없으며 산

정기를 언급하지 않는 곳이 없을 정도다. 내가 유년시절을 보냈던 영암은 교가에 '월출산'이 들어갔다. "월출산 뫼줄기 힘차게 뻗어서 웅장한 이 고장"이라는 교가를 아침조회 때마다 불렀다. 중간에 영광으로 전학을 갔는데 교가에 들어 있는 산 이름이 '관람산'이었다. 산이라고 해봐야 야트막한 야산으로 어린 소견에도 무슨 저 산에 정기가 있을까 싶었는데 역시 '관람산'이라는 이름으로는 부족했던지 노령산맥을 빌려와 "노령산 정기 타고 관람산 아래 창공에 높이 솟은 우리 학교"라고 노래를 불렀다.

고등학교를 광주에서 다녔는데 이번에는 어김없이 교가에 '무등산'이 들어갔다. 그래서 "무등산 높이 뜨는 청운을 품고 새 세기 우러러 교문 열렸네. 춘광도 앞서 이는 호남 향토에 새문화 일으키세"라고 해서 3년 동안 목청껏 교가를 불렀다. 그런데 가만히 살펴보니 '무등산' 정기 운운한 것이 우리 학교만 있는 것이 아니라 광주 시내에 있는 모든 초·중·고등학교가 그랬고 대학교도 그 산 이름과 정기를 빌려 썼다.

일본 놈들도 그런 우리 민족의 성정을 간파하고 정기를 끊겠다며 산봉우리 요소요소에 쇠말뚝 박은 것을 보면 그 사악한 마음 바탕을 능히 짐작할 수 있는데, 희한한 것은 풍수도 풍수려니와 근거도 알 수 없는 쇠말뚝을 박아 정기를 끊겠다고 하는 데 있다. 과연 쇠말뚝으로 우리 민족의 정기가 끊긴 것인가. 글쎄, 잘은 모르지만 쇠말뚝을 박는다고 정기가 끊어진 것 같진 않다. 오히려 반대로 일제가 그런 유치한 짓을 했어도 점점 나라가 더 부강해지고 국운이 더 융성해지는 것을 보면 쇠말뚝을 박은 위치가 틀렸거나 아니면 정기라는 것이 아예 없는 것이거나 둘 중 하나가 아니겠는가 생각한다. 뿐만 아니라 지금은 그보다 더 수십 배 수백 배 큰 대형 송전탑이 산허리를 휘어 감고 넘어가고 티브이 중계탑이나 심지어 휴대폰 중계탑들이 온 국토에 빼곡히 들어차 있으며, 산 밑으로는 수많은 구멍을 뚫어 터널을 내고 그 구멍으로 24시간 자동차들이 다니는데 정기가 있기는 있는 것인가 의문이 든다. 또한 아예 개발한다며 수없이 산을 깎아 아파트를 짓고 호텔을 짓고 콘도를 짓고 위락시설을 짓는데 그런 부분은 어떻게 설명해야 할 것인가도 의문이다. 그리고 더 나아가 산이 없고 평야에 사는 사람들은 어떻게 되는 것인가. 네덜란드 같은 나라는 제일 높은 곳이 해발 323미터에 불과하고 산 같은 산이 없으니 정기가 없는 것인가. 또 수상가옥을 짓고 물위에 사는 사람들이나 사막에 사는 사람들은 아예 정기와는 상관이 없는 것인가. 산이 높고 경치가 좋아야 정기가 있다면 당연히 히말라야나 알프스나 킬리만자로 같은 산이 있는 나라들의 정기를 무시하지 못하리라. 글쎄, 산을 좋아하는 것은 좋지만 매사에 이렇게 신비스런 정기와 연관 짓는 것을 보면 성경에 기록된 대로 "범사에 종교성이 많은" 백성이란 생각이 들기도 한다.

산은 그냥 산일 뿐이다. 산은 자연이며, 인간 역시 자연의 일부일 뿐이다. 산은 지친 삶을 품어주는 안식처이고, 살아가는 것이 힘들면 기대는 벽이고, 상처받은 자들을 어루만져주는 손길이며, 마지막에 육신을 뉘는 곳이다. 산이란 평지보다 조금 더 높게 흙이나 바위

등이 쌓인 곳일 뿐이다. 정기가 따로 있는 것이 아니다. 지구 전체가 양극으로 이루어진 자석덩이라는 사실을 이해할 필요가 있다. 그럼에도 불구하고 산은 여전히 신비한 존재인가. 내가 서울에서 50년 넘게 살고 있는 곳은 안산鞍山이란 산자락 마을이다. 해발 약 300m가 조금 넘은 작은 산이다. 그런데 이 산이 마치 동네를 병풍처럼 둘러치고 있는데 사람들은 산 밑에 있는 이 동네 이름을 능안이라 불렀다. 이는 사도세자의 장남인 의소가 세자에 책봉되었으나 불과 3세의 어린 나이에 세상을 떠나자 능을 쓴 곳이라 하여 동네 이름을 그렇게 부른 것이다.

물론 그 능은 이미 서삼릉으로 이장한 지 오래고 그 자리엔 학교가 섰지만 사람들은 변함없이 동네 이름을 능안이라고 했다. 그리고 그 동네는 능을 쓴 명당자리란 생각들을 가지고 있었다. 언젠가 여름밤 초저녁에 산자락에 있는 약수터에 갔는데 동네 아낙 둘이서 앉아 도란도란 이야기하는 소리가 들렸다.

"이곳 능안에 사는 사람들은 밥 굶는 사람이 없다잖아." 나이가 좀 지긋해 보이는 여자의 말이었다. 그 말을 받아 조금 더 젊어 보이는 여자가 말했다. "글쎄, 오죽 명당자리면 이곳에 능을 썼을라구!"

오래 전부터 우리 민족은 풍수라는 미망迷妄에 사로잡혀 있다. 그래서 사람이 정기를 받아 태어난다고 생각하고 사사건건 산의 형세와 연관지었다. 이런 일들이 지역적 편견을 제공하는 하나의 단초가 되지 않았나 생각되는 부분이기도 하다. 그러나 반대로 우리 속담에 "개천에서 용 난다"는 말도 있다. 그 말은 전혀 풍수와는 어울리지 않는 곳에서 인재가 나온다는 뜻이다. 예수님이 태어나신 곳은 유대 땅 베들레헴이고 자라신 곳은 갈릴리 나사렛 마을이다. 성지순례 때 가보니 두 곳 다 보잘것없는 시골 마을이고 산자수명한 곳과는 거리가 멀었다. 그래서 그 당시 사람들도 말하길 나사렛에서 무슨 선한 것이 나겠느냐고 할 정도였다. 그러나 예수님은 그곳에서 태어나시고 자라서 인류 구원의 역사를 이루신 것이다. 이 한 가지를 보더라도 정기 운운하는 것은 믿을 수 없는 말임이 확실히 증명된 것이다.

그러나, 누가 뭐라 하든 무슨 상관이랴. 우리나라 사람들은 산을 좋아한다. 산을 단순히 좋아한 것이 아니라 산을 숭배하고 흠모한다. 그래서 인삼보다는 산정기를 받은 산삼을 좋다고 생각하고 도라지도 산도라지를 선호하며 나물도 산나물을, 부추도 산부추를 좋아하고, 기도도 그냥 기도보다는 산기도가 더 신령하다고 생각한다. 산에는 산신령이 있다고 생각하는 사람들은 때를 따라 시산제를 지내기도 한다. 단순히 서양인들이 말하는 정복의 대상이 아니라 숭배와 경외의 대상으로 여긴다고나 할까? 사사건건 신비스러운 정기와 연관시키는 발상은 어디에서 온 것일까. 희한한 일이다. 이로 미루어 보면 문득, 산이 신령한 것이 아니라 사람들이 신령한 것이 아닌가 하는 생각이 들기도 한다.

# 오래된 활동사진

사람이 세상을 살다 보면 "아니, 이럴 수가?" 하는 일을 만날 때가 많다.

교육현장에서 일어난 일 때문일까. 요즘 부쩍 그런 일이 많아진 것 같다. 시대가 변해서인지 아니면 세월 탓인지 가늠할 수는 없지만 아무튼 이런저런 일로 혼란스러울 때가 많다.

최근 어느 고등학교에서는 수업시간에 학생들이 선생님을 마대 자루로 때리며 조롱하는 일이 벌어졌다. 그리고 그 동영상을 찍었는데 때린 이도 학생이었고 동영상을 찍어 유포한 이도 학생이었다. 이 사건을 바라보면서 나는 오랫동안 씁쓸한 마음을 지워 버릴 수가 없었다. 비단 그렇게 생각하는 사람이 나 한 사람뿐일까. 혹시 내가 시대에 뒤떨어진 사람일까. 아무리 생각해도 이해가 되지 않는다. 교육이란 사람을 만드는 백년대계임이 분명한데 어쩌다 이 지경까지 되었는지 개탄스럽기만 하다.

자고로 스승은 군사부일체라 하여 임금이나 부모와 그 위를 동등으로 생각하였으며, 스승의 그림자를 밟는 것조차 허락되지 않았던 것이 우리네 전통적 사고이며 가치관 아닌가. 그런데 학생이 체벌을 가한 스승을 경찰서에 신고하는가 하면 스승을 수업시간에 때리며 조롱하다니 더 무슨 말이 필요하겠는가. 이런 방법으로 교육을 지속시켜야 하는 것인가. 도대체 참된 스승의 사도는 어디서 찾아야 할 것이며 참된 제자의 모습은 이제 영영 사라져버린 것일까.

나에게는 세월이 가도 지워지지 않은 학창시절의 추억 한 토막이 있다. 고등학교 1학년 때였다. 당시 학생들은 일률적인 교복을 착용할 때였다. 학교에 가면 선생님은 조회 시간에 먼저 출석을 불렀다. 그리고 출석을 부른 후 학생들의 머리 상태라든지 복장이 단정한가의 여부, 그리고 출석과 결석을 엄격하게 점검했다. 그리고 위반한 학생을 꾸짖기도 하고 더러는 체벌을 하기도 하고 회초리로 종아리를 때리기도 하였다. 또 심한 경우에는 복도에 무릎을 꿇고 앉아 의자를 들고 있는 벌을 받기도 하였다. 바로 그때 우리 반에 노병남이란 학생이 있었다. 그 학생은 다른 학생에 비해서 덩치가 큰 편이어서 늘 뒷자리에 앉았었는데 평소에도 웬일인지 지각이나 결석이 많은 편이었다. 그런 이유로 선생님으로부터 자주 주의를 받는 터였다. 그러던 어느 날이었다. 아침 조회시간이었다. 선생님이 예의 병남이를 앞으로 불러내었다. 이유는 복장불량이었다. 규정보다도 명찰을 크게 달았고 특별히 이름의 중간자를 없애고 끝자 한 자만 새겨 넣었기 때문이었다. 그러다 보니 그 이름은 노병남이 아니라 노 남이 되어 있었다. 거기다가 검정색 교복의 안감이 검정색이 아닌 붉은색이었고 상의의 맨 윗 단추를 잠그지 않고 풀어 교복 안감이 밖으로 보이도록 한 것이 화근이었다. 그는 앞으로 불려나갔다. 선생님은 몇 마디 말을 하다가 출석부로 머리를 몇 번 때렸다. 그런 다음 종아리를 걷게 하고 회초리로 종아리를 때리기 시작하였다. 그리고 그 강도는 점점 더 심해지기 시작하였다. 그런데 한참 동안 매를 때리던 선생님이 갑자기 얼굴이 창백해지더니 그만 쓰러져버리고 말았다.

"어, 어?"

학생들은 전혀 예기치 못한 사건에 놀란 기색이 역력했다.

"야, 야! 선생님이 쓰러지셨어!"

누군가 크게 외치는 소리에 교실이 술렁이기 시작했다.

또 누군가 말했다.

"빨리 의무실로, 빨리!"

그런데 그 소리가 들리자마자 한 학생이 선생님을 업고 의무실로 뛰기 시작했다. 그런데 그 학생은 놀랍게도 매를 맞던 병남이었다. 병남이는 그날 선생님을 업고 꽤 먼 거리에 있는 의무실까지 숨을 헐떡이면서 달려갔다. 다행스럽게도 선생님은 의식을 다시 회복하셨다. 나는 요즘 고등학교 1학년 때 한 반이었던 병남이를 자주 생각한다. 이제는 어디서 무엇을 하고 있는지 소식도 모르는 그 친구! 자기를 때리던 선생님을 업고 뛰던 순박한 친구의 모습이 그립다.

또 한 가지 사건은 고등학교 3학년 때였다. 학생들이 가장 지루하게 생각하는 오후 마지막 시간이 끝나고 종례시간이 되었다. 출석을 부르고 청소 당번을 정하고 하교를 하려는 찰나에 누군가 말했다.

"선생님, 얘 돈 잃어버렸어요!"

"응? 무슨 돈인데?"

"글쎄 몰라요. 가방에 넣어놨는데 누가 가져갔는지 없어졌대요."

"에이, 참!"

아이들 입에서는 일제히 탄식이 쏟아져 나왔다. 이제 집에 빨리 가기는 다 틀렸다는 것을 직감했기 때문이었다. 누군가는 바보 같은 놈이 어디다 돈을 놔뒀다 잃어버렸느냐고 했고, 어떤 아이는 잘 찾아보지 그러느냐고 하는 등 갑자기 교실 안이 소란스러워졌다.

"다들 조용히 해!"

선생님의 한마디에 교실 안이 조용해졌다. 선생님의 표정이 싸늘해졌다. 예상했던 대로였다. 그리고 돈이 나오기 전에는 집에 갈 수 없다고 선언하듯 말씀했다. 선생님은 잠시 침묵을 하시더니 혼잣말처럼 중얼거렸다.

"세상에, 같은 반 친구의 돈을 도둑질을 다 하다니……"

선생님은 모두 눈을 감으라 명하고 일장 훈시를 하셨다. 그리고 가져간 사람은 조용히 손을 들라 하였다. 그러면 용서하겠다고 하였다. 무거운 침묵만 한동안 흐르고 있었다. 대부분 그런 경우 가져간 사람이 나타나는 경우는 드물었다. 그러자 선생님은 이번에는 모든 소지품을 책상 위에 올려놓으라 명령을 하고 한 사람 한 사람씩 가방과 소지품을 검사하기 시작하였다. 그러나 돈은 나오지 않았다. 선생님은 교탁을 치면서 노한 음성으로 말했다.

"돈 나오기 전에는 집에 돌아갈 생각을 말아라!"

준엄했다. 밖은 어둠이 내리고 있었다. 다른 반 아이들은 다들 집으로 돌아가고 학교 운동장은 인적이 끊겼다. 아이들은 모두 무릎을 꿇고 두 손을 들고 있었다. 팔이 아파서 손을 내리면 다시 올리도록 호령을 했다. 일이 쉽게 끝날 것 같지 않았다. 상황이 절박했다. 이때 내가 나갔다.

"너 왜 나와?"

"선생님, 대신 제가 맞겠습니다."

"반장이 무슨 잘못을 했다고. 들어가. 다 내 잘못이지."

나에게 들어가라고 엄명을 하시더니 순간 선생님은 좌측 손등을 교탁 위에 올려놓고 다른 한 손으로 손등을 마대자루로 내려치기 시작했다.

"내 손이 잘못 가르쳤다! 내 손이 잘못 가르쳤다!"고 중얼거리듯 말씀을 반복하시면서 내리치셨다. 그 소리가 얼마나 큰지 손가락뼈가 다 부서지는 줄 알았다. 그 순간 누가 뭐랄 것도 없이 아이들이 교단 앞으로 우르르 몰려 나가 선생님의 매를 든 손을 붙들었다. 그리고 모두 그 앞에서 무릎을 꿇었다. 아이들은 서로 잘못했다며 눈물을 흘리며 용서를 구했다. 물론 끝까지 돈은 나오지 않았지만 그날은 그것으로 끝났다.

아이들은 늦은 밤이 되어서 가까스로 귀가할 수 있었다. 그 후로 선생님은 다친 손가락뼈로 인하여 오랫동안 손에 각목을 대고 출근하셨다. 그 이름하여 홍순만 선생님! 참된 스승의 모습을 보여주신 분이셨다. 그리고 1학년 때 잠깐 스치고 지나갔던 친구 노병남! 짧은 학창 시절에 만났던 순박한 이름이다.

혼란스럽고 황당한 교육 현실을 볼 때마다 나는 문득 문득 오래된 활동사진 같았던 그 일을 기억한다. 이제는 너무 오래되어 생사도 모르고 필름에 비가 내리는 옛 스승과 친구가 새삼 그리워진다.

# 흙

모든 만물은 흙으로 지음을 받았다.

그래서 흙에서 나는 것을 먹으며 흙에서 살다가 결국은 흙으로 돌아간다. 그 과정 가운데 생성과 소멸이 있을 뿐이다. 따라서 사람이 살아가는 모든 것은 그 과정에서 일어나는 어떤 일들이다.

개체는 스스로를 존속시키기 위해서는 다른 개체의 희생을 필요로 한다. 따라서 다른 개체의 희생이 없이 존재하는 것은 상상할 수 없다. 물론 이것을 객관적인 시각으로 볼 때 물질의 공간이동으로도 볼 수 있다. 아침에 먹은 사과 한 개가 하루가 지나면 배설이 되고 다시 배설은 분해가 되어 또 다른 물질을 생성하고 또 다른 물질은 또 다른 생명체와의 이합집산을 반복적으로 시행하면서 선순환과 악순환의 고리로서의 역할을 할 뿐이다.

밥을 먹는 것도 물질의 공간이동이며 똥을 누는 것도 물질의 공간이동이며 몸에서 비듬이 떨어지는 것 역시 마찬가지다. 더 나아가 직장과 일터로 가는 것도 공간이동이며 일을 마친 후 집으로 돌아가는 것도 동일하다. 살아 있는 모든 것들은 한정된 공간에서 주기적이거나 또는 간헐적인 공간이동을 생명을 다하는 순간까지 기계적으로 반복할 뿐이다.

아무튼 모든 생명체는 흙을 사모하고 살다가 결국은 흙으로 돌아간다.

직접적으로 흙과 더불어 사는 것도 있고 다른 생명체를 매개로 해서 간접적으로 살아가는 경우도 있지만, 그러나 모든 것은 방법의 차이일 뿐 과정이나 방향은 동일하다.

지렁이는 흙을 밥으로 먹는다.

바닷가 게들도 흙을 일용할 양식으로 먹는다.

짱뚱어나 망둥이나 낙지나 조개나 대합이나 모래무지나 할 것 없이 흙에 직접 기대어 산다. 땅강아지나 두더지는 흙속에 사는 것들에 기대어 살고, 다시, 솔개나 여우나 독수리는 그들에 기대어 산다. 사자나 호랑이는 다시 그들에게 기대어 살고 사람은 다시 그들 위에 기대어 산다. 그러나 가장 미미한 바이러스나 미생물들도 버젓이 사람에 기대어 산다.

여우도 늑대도 토굴 속에서 잠이 든다. 산천초목들은 밤이 되면 보드라운 흙의 보료를 덮고 잠이 든다.

모든 것은 오래되면 흙의 색깔과 점점 더 가까워진다.

간장도 된장도 고추장도 흙빛으로 변해간다. 서까래도 대들보도 의걸이장롱도 흙빛으로 변해간다. 음식도 끓이고 끓이다 보면 점점 흙빛으로 변해간다. 사람도 연륜이 지나면 점점 흙빛으로 쇠락해간다. 어두워지다가 조금 더 어두워지다가 점차 희미해져간다. 생기도 사라진다. 수분은 증발하고 기력은 쇠하고 눈빛은 흐려진다. 조금씩 조금씩 원래 왔던 흙으로 가까이 가는 과정을 밟는다. 육신은 후패하고 피부에는 저승반점이 생긴다. 그리고 자기가 태어난 고향을 생각하는 시간이 점점 더 많아진다. 바로 흙으로 돌아갈 때이다.

어찌 사람뿐이겠는가. 만물이 다 마찬가지다. 나무도 나이를 먹으면 저승꽃이 피고 허리가 굽고 속병이 들고 노망해서 주인의 발자국 소리도 분별하지 못한다. 다 흙으로 돌아가는 과정에 매여 있기 때문이다.

내가 어릴 적 살던 고향집 사랑채에는 삼대 조부님이 심어 놓은 유자나무 두 그루가 있었다. 그런데 그 유자나무는 오랫동안 열매를 맺지 못하고 있었다. 어머니는 그런 유자나무를 보고 지나가는 말로 늘 푸념을 하셨다.

"세월만 잡아먹고 열매가 없어!"

물론 어머니의 푸념을 듣고도 유자나무는 말귀를 알아듣는지 못 알아듣는지 모르지만 꿈쩍도 하지 않았다.

그러던 어느 날 동네에 떠돌이 행상이 왔다. 그 사람은 가끔씩 동네에 나타나는 사람으로, 김이나 멸치, 미역, 다시마 등등을 머리에 이고 이 동네 저 동네 팔러 다니는 사람이었다. 그런데 어느 날 그 사람이 우리 집에 도착하여 이고 온 김 보따리를 다소 무겁다는 듯이 마루에다 풀썩 내려놓았을 때 어머니는 무슨 말 끝에 예의 습관처럼 또 그 말씀을 하셨다.

"저놈의 나무는 도대체 열매 맺을 생각이 없는 모양이야."

그런데 그 말을 무심코 듣고 있던 김장사가 말을 받았다.

"유자나문가요?"

"글쎄 유자나문지 탱자나문지, 원!"

그런데 그 김 행상은 좋은 생각이 있다는 듯 눈을 반짝거리면서 말했다.

"그거, 바닷가에 가서 갯벌을 떠다 나무 밑에 깔아주면 되는데……."

"갯벌을?"

"그럼요."

"……."

김장사가 왜 그런 말을 했을까. 유자나무란 원래 태생적으로 따뜻한 남쪽 바닷가에서 잘 자라기 때문에 그런 말을 했던 것일까. 아니면 무슨 근거로 그런 말을 했던 것일까.

아무튼, 그때 어머니는 김장사의 말을 별로 유념해 듣는 것 같지는 않았다. 그래서인지 그날 마루에 걸터앉은 채로 몇 마디 말을 주고받던 김장사는 이내 김 몇 톳을 마루에 놔둔 채 보리쌀과 바꿔 다른 동네로 떠났다. 그런데 그냥 지나가던 말처럼 흘려들은 것 같던 어머니가 며칠이 지난 후 머슴이 볼일을 보러 해창에 간다고 했을 때 이렇게 말했다.

“길호야, 너 해창에 가거든 돌아올 때 갯벌을 좀 떠오너라.”

“갯벌을요?”

“응, 그게 유자나무에 주면 좋다고 하니까.”

머슴은 어느 날 해창에 갔다. 그리고 해 저물녘에 바작에다가 갯벌을 몇 삽 떠서 짊어지고 왔다. 물론 그것은 갯벌을 유자나무에 부어주기 위해서였다.

그 해는 말없이 지나갔다. 그런데 그 이듬해부터는 신기하게도 유자가 열리기 시작한 것이다. 처음에는 맨 꼭대기에 탱자만 한 것이 한두 개 매달리더니 그 다음해에는 노란 황금빛 어른 주먹만 한 유자들이 주렁주렁 매달려 꼭대기서부터 밧줄을 타고 내려오듯 내려왔다. 희한한 일이었다. 갯벌 몇 삽을 부어주었다고 열매가 열리다니! 이 신기한 일로 어머니는 벌어진 입을 한동안 다물지 못하셨다. 몇 날 며칠을 신기한 듯 바라보시던 어머니는 어느 날 혼자 중얼거리듯 말씀하셨다.

“세상에, 제 난 곳의 흙을 그렇게 좋아하다니!”

물론 어머니뿐만 아니라 모든 가족들도 오랫동안 풀리지 않은 숙제에 대한 해답을 얻은 듯 기뻐했다. 그렇다! 어찌 사람뿐이겠는가. 사람이건 짐승이건 산천초목이건 할 것 없이 무릇 생명 있는 것들이 본향을 사모하는 것이요 본향을 향해 가는 것 아니겠는가. 흙은 만물의 근원이요 본향의 색깔이다.

# 호야꽃

호야꽃이 피었다.

처음에는 무슨 꽃인지도 모르고 기른 것인데, 십년이 다 되도록 꽃을 피울 생각도 하지 않는 바람에 잎만 바라보는 화초쯤으로 생각했던 것인데 꽃이 핀 것이다. 근본을 모르긴 했지만 이파리가 딱딱하고 단정하여 단아한 느낌을 주었고 잎들이 계절마다 색색이 변했기 때문에 그저 그런 꽃쯤으로만 생각하고 있던 터였다. 단 한 가지 일조량과 밀접한 관계가 있는 듯하였다. 베란다에 햇빛이 점점 많이 들어오게 되면 연분홍색깔에서 점점 붉은빛으로 잎이 변하기도 했고, 가을이 되어 일조량이 점점 적어지면 흰색과 짙은 초록이 반반으로 대칭을 이루고 있는 모양이 신기했다.

궁금해서 인터넷도 검색을 하고 여기저기 물어도 봤지만 남미의 안데스 산맥 어디쯤에서 온 꽃이라고만 하지 그 외에는 공개된 내용이 별반 없었다. 그래서 꽃이 피지 않는가 보다고 생각했는데 십년이 훌쩍 지난 어느 날 거짓말처럼 꽃이 피었다.

꽃이 피던 날 아침 아내는 약간 흥분한 듯하였다. “꽃이 피었네!”라는 말을 몇 번이나 되풀이했다. 그러고는 불현듯 생각난 듯이 사진을 찍어 둬야겠다며 이리저리 방향을 바꿔가며 사진을 찍었다. 가서 보니 넝쿨 중간쯤 꽃이 피었는데 하나의 꽃대에서 마치 어렸을 때 보았던 하얀 별사탕 모양의 작은 꽃망울이 올망졸망 매달려 있었다.

아무튼, 그날 아침 나도 덩달아 흥분하고 있었다. 가까이서 향기를 맡아보니 별반 특별한 향은 없는 것 같았는데 신기한 것은 작은 송이마다 투명한 꿀이 이슬처럼 맺혀 있었다. 세상에, 꽃에 꿀이 맺혀 있다니! 아내가 먼저 손가락으로 찍어 맛을 보더니 “야, 정말 꿀이네. 한번 먹어봐!” 하였다. 나도 덩달아 찍어 맛을 보니 정말 꿀이었다.

그러고 보니 꽃에 꿀이 맺혀 있는 나무를 몇 번 본 것 같았다. 첫 번째 본 것은 행운목이었다. 우연히 종로 5가에 있는 어느 지인의 사무실에 갔다가 뜻밖에 행운목 꽃을 보았는데 꿀이 맺혀 있었다. 행운목 꽃을 본 것도 그때가 처음이었다. 항상 뭉툭한 나무토막에 파란 잎만 몇 장 매달려 있는 줄 알았는데 경이로웠다.

그러고 보니 몇 년 전 필리핀에 단기선교를 갔을 때 선교사가 하는 말이 “이곳 사람들은 다른 나무는 다 나눠주어도 이 나무만큼은 다른 사람에게 주지 않습니다”라고 한 말의 이유를 알 것 같았다. 아무튼 사무실 안에 온통 향기가 진동하는데 동양란의 향기가 이어질 듯 사라질 듯 은은한 데 비해 행운목의 향기는 강렬하고 자극적이었다.

그런데 한 주 후 다시 사무실을 방문했더니 꽃줄기가 까맣게 말랐는데 마른 줄기에 이슬같이 하얀 꿀이 방울방울 매달려 있었다. 신기했다.

그리고 그다음 꽃에 꿀이 맺혀 있는 것을 본 것은 산세베리아였다. 산세베리아는 북아현동에 살았던 어느 해 봄 트럭에 화분을 싣고 다니며 꽃을 파는 장수에게 하나에 천 원씩 주고 사서 심어 놓은 것인데 이 역시 잎만 위로 치솟고 꽃은 필 생각을 하지 않았다. 기대를 하지 않았는데 어느 무더운 여름 베란다 창문 쪽에서 슬그머니 향기가 스며들었다. 나와 아내는 어디서 향내가 난다며 코를 킁킁거리면서 향내의 진원지를 찾다가 드디어 발견한 것이 산세베리아였다. 물경 십년 이상의 세월이 흐른 후였다. 산세베리아 향기도 역시 만만치 않았다. 가까이서는 오랫동안 맡을 수 없을 만큼 강한 향기가 무더운 여름 밤을 진동시키고 있었다. 누런 꽃대가 마치 무밭에 장다리처럼 솟아올랐고 위로부터 벼이삭 꽃피듯 달렸는데 매혹적인 꽃이 지기까지 꽤 오랫동안 우리를 행복하게 하였다. 그리고 피다가 진 자리에 꿀이 방울방울 맺혔다. 물론 모든 꽃들이 다 꿀을 가졌지만 벌이나 나비들만 아는 깊숙이 숨겨진 곳에 있을 것이라 생각했는데 이렇게 눈에 보이도록 하얀 이슬 같은 꿀이 방울방울 매달린 것이 신기로웠다.

그리고 세 번째는 이번에 핀 호야꽃이다. 난 평생 처음 보는 꽃이었다.

아무튼 호야꽃을 보고 즐거웠던 시간은 지났는데 막상 지고 나니 마음이 허전했다. 그런데 다시 몇 주가 지났을까, 어느 날 아침 아내가 놀란 듯 말했다. “어머, 또 꽃이 피네!” 그 소리를 듣고 나가보니 지난번에 피어 꽃대가 진 그 자리에 다시 꽃대가 솟아 올라왔다. 그리고 며칠이 지나자 또 꽃이 피었다. 꽃은 지난번에 비해서 약간 송이도 크고 아름다웠다. 그리고 밤이 되자 향기가 번졌다. 뭐라고 해야 할까. “향기 좀 맡아 보세요.” 그 말을 듣고 코를 댔더니 형언할 수 없는 향기가 났다. 한참을 생각하다 “살구씨 냄새 같다.” 내가 말했더니 “정말 맞아요.” 아내도 동의했다. 향기는 해질 때쯤 슬슬 풍기기 시작하다가 아침이 되어 해가 뜨면 향기를 거둬들였다. 그리고 꽃이 지자 다시 하얀 이슬방울 같은 꿀이 방울방울 맺히고 지더니 몇 주 후에 꽃이 진 자리에 다시 또 꽃대가 올라왔다.

한여름을 보내는 가운데 세 번씩이나 꽃이 핀 것이다. 그러니까 세 번째 꽃이 피던 날 아내는 감격스러웠던지 밖에 나가 우리 집 호야꽃이 피었다고 자랑을 한 모양이다. 마침 406호 권사님이 그 소리를 듣고 빙긋 웃으면서 “행운이 올라나 봐요”라고 말했단다. 아내는 그 말을 듣고 와서 더 얼굴이 환해진 것 같았다. 나도 사실 그 말을 듣고 막연히 행운이 올 것 같은 느낌이 들었다. 그러나 한여름이 다 가도록 우리 집에는 아무런 일도 일어나지 않았다. 그리고 계절이 바뀌자 나는 그 일을 까마득히 잊어버렸다.

그런데 지루했던 겨울이 가고 다시 봄이 오자 아내는 화분을 베란다에다 다시 내놓을 시간을 저울질하는 것 같았다. “지금 내놓으면 조금 춥겠지?” 그 말을 듣고 내가 대답했다. “아직은 좀 무리야.” 그러던 중 아내는 호야 잎에 묻은 먼지를 정성스럽게 닦으면서 말했다.

“그런데 있잖아, 작년에 그 406호 권사님이 행운이 온다고 했을 때 말이야."

"응."

"그때 혹시 우리 아들이 장가갈 줄 알았거든" 하고 말하면서 웃었다.

"아니, 그런 생각을 했어?" 내가 말했다.

생각해보니 아내는 아들이 오랫동안 장가를 안 가고 뜸을 들이고 있는 것에 대하여 말은 안했어도 노심초사했던 모양이었다. 하기야 자식이 결혼을 하지 않는데 속이 타지 않을 부모가 어디 있겠는가. 사실 나도 처음에는 결혼을 하지 않는다고 성화를 댔지만 그것도 다 때가 있을 거라며 마음을 놓고 있는 터인데 아내는 잠시도 그것을 마음에서 내려놓지 못하고 있었던 것 같았다. 나는 호야꽃을 생각했다. 아예 기다리다 지쳐 기억에서 멀어질 때쯤 되어 생각지도 않은 기쁨을 주던 그 꽃을. 그래서 이렇게 말했다.

"잊어버리고 있으면 언젠가 꽃이 피겠지."

무심코 던져놓고 보니 너무 객관적이란 생각도 들었다. 그러나 그 순간 호야꽃은 행운을 가져다주는 꽃이 아니라 행운을 기다리는 꽃이 아닐까, 라는 생각이 문득 스치고 지나갔다.

# 짝

"짚신도 짝이 있다."

우리 조상들이 배우자를 신발로 비유한 말이다.

지푸라기로 만들어 볼품이 없고 시원찮게 보이는 짚신도 짝이 있듯이 시원찮게 보이는 사람도 함께 살아갈 배필이 있다는 사실을 숙명론적 시각에서 말한 것이 분명하다.

그런데 이 금과옥조와 같은 조상 전래의 말씀도 세월이 가고 세상이 바뀌다 보니 별 가치가 없어진 것 같다. 그래서 지금은 아무도 귀담아듣지 않게 되어 변경을 하든지 아니면 폐기 처분을 해야 할 상황이 되지 않았나 생각된다.

"짚신은 짝이 없다"라고 하든지 아니면

"짚신이 아니어도 짝이 없다"라고 하든지 말이다.

내가 보냈던 학창시절에는 학생들이 신을 만한 신발이라곤 두 종류밖에 없었다. 하나는 운동화 바닥에 스펀지를 댄 조금 비싼 것이고 다른 하나는 바닥 창이 검정 고무로 된 싼 것이었다. 따라서 신발을 살 땐 선택의 여지가 없었다. 이것 아니면 저것이든지, 비싼 것 아니면 싼 것 둘 중의 하나였다. 그렇지 않으면 아프리카 부시맨들처럼 맨발로 걸어다녀야 했기 때문이었다.

학교에서 돌아와 어슬렁거리며 마실을 다닐 때는 워커를 끌고 다녔다. 군화였다. 너나 할 것 없이 그렇게 다녔다. 까까머리 학창시절을 그렇게 보낸 것이다.

그런데 이제는 달라졌다. 풍요로운 시대가 되었기 때문이다. 신발을 만드는 회사도 많아졌고 색깔이나 디자인도 다양해졌다. 과히 신발의 홍수 속에 살고 있다는 느낌이다.

그러다 보니 신발을 고르는 것도 쉽지 않은 것 같다. 저마다 좋아하는 신발 메이커가 있고 색상이 있고 디자인이 있어 아무거나 사질 않는다.

몇 년 전에 필리핀에 갈 기회가 있어서 아들에게 주려고 신발 한 켤레를 샀는데 당시 주변에 있던 분들이 이렇게 말했다.

"아이고, 덥석 사가지고 가서 아들이 좋아하지 않으면 어떻게 하시려고 그러세요?"

아니, 선물을 주는데 좋아하지 않는다고? 이해가 되질 않았다.

"좋아하지 않으면 여기까지 바꾸러 올 수도 없잖아요."

"그러게요."

대꾸도 없이 사는 나에게 주위에서 한마디씩 더 거들었다.

그래도 나는 하거나 말거나 속으로 생각하며 귀국하였다.

그런데 아니나 다를까, 아들에게 선물 보따리를 풀어 놨는데 표정이 별로 달가워 보이지 않았다. 그는 마지못해 한 번 신은 듯하더니 신발장에 고이 모셔 놓았다.

그제야, 내가 신발을 고를 때 옆에서 선의의 충고를 해주던 사람들의 말이 생각났다.

부모가 사주면 아무거나 감지덕지하고 신던 그런 시대가 아닌 것을 비로소 알게 된 것이다. 시장에 가시는 부모님 편에 발의 치수만 말하면 사가지고 오고, 사다 준 신발이 좀 불편해도 신고 다니던 시대하고는 번지수가 한참은 다른 세대인 것을 모르고 있었단 말인가.

아무튼, 그 일 이후 아들이 결혼을 차일피일 미루는 것을 보고 나는 아들이 마치 배우자를 신발가게에서 신발을 고르고 있는 듯하고 있다는 생각을 했다.

들었다 놨다. 신었다 벗었다.

그동안 선을 보고 와서도 이렇다 저렇다 말이 없었으니 말이다. 그냥 제 방으로 들어갈 때가 많았다. 잔뜩 기대하고 이번에는 무엇인가 성사될 거라고 믿고 있던 나와 집사람은 그때마다 실망스럽고 힘이 빠졌다.

"오늘 만난 애는 어떻더냐?" 하고 넌지시 물으면 마지못해 하는 대답이 "그저 그래요"라고 하든지 "제 스타일이 아니에요"라고 간단하게 대답하면 끝이었다. 그리고 제 방으로 들어가버렸다.

그때마다 나는 의문이 들었다. 제 스타일이 아니라고? 이 자식아, 그렇다면 네 스타일이 무엇이냐? 속으로 괘씸하게 생각하고 나면 한

숨이 나왔다.

그렇게 아들은 세월을 보냈다.

세월은 물처럼 흘러갔다.

아들이 33살이 되었을 때 내가 말했다.

“네 나이가 이제는 예수님이 십자가를 지실 나이다.”

그 말을 들은 아들은 웃고 지나갔다. 그리고 그 다음해가 되었을 때,

“네 나이가 이제 예수님보다 한 살 더 많아!”라고 했지만 듣는지 마는지 아들의 무언의 신발 고르기는 계속되었다.

그리고 세월이 가니 사실 나보다도 주변에서 더 걱정을 많이 했다.

빨리 가야 한다는 둥, 적은 나이가 아니라는 둥, 남자는 나이를 먹어도 괜찮다는 둥, 그래도 그렇지 꼴뚜기도 한철이라고 다 때가 있다는 둥 저마다 한마디씩을 해댔다.

그런데 사실 그때쯤 해서는 정작 내 마음은 평화로웠다.

모든 것을 다 내려놓았기 때문이었다.

그렇게 평화로웠던 어느 해 봄날 아들은 신발 한 짝을 골랐는데 어떠냐며 집으로 데리고 들어왔다. 나와 아내는 가타부타 말을 하지 않고 무언으로 환영의 뜻을 표했다. 오랫동안 지쳐 있었기 때문이었으며, 그리고 무엇보다 다 내려놓았기 때문이었다.

37살 때였다.

곧 결혼식을 거행하였다. 그리고 결혼을 하고 때가 되니 아들도 낳

고 딸도 낳아 그동안 마음고생을 한 주변 사람들에게 기쁨을 주었다.

요즘 주변을 살펴보면 당시 나처럼 노심초사하는 부모들이 많다. 자녀들이 제 맘에 맞는 짚신 한 짝을 고르겠다며 미적거리고 있기 때문이다.

모양도 보고, 색깔도 보고, 디자인도 보고, 메이커도 보고, 들었다 놨다, 신었다 벗었다, 사가지고 갔다 다시 반품도 하고, 교환도 하고, 환불도 하는 모양이다.

그리고 고르다 고르다 제 맘에 안 들면 그냥 한쪽 신발만 가지고도 넉넉히 세상을 살아갈 수 있다고 믿는 애들이 많은 것 같다.

부모들이 느끼는 안타까움과 허전한 상실감을 과연 저들이 알기나 하는 것일까?

'이 자식들아, 너희도 부모의 마음을 헤아릴 때가 올 것이다. 괘씸한 놈들!'이라고 생각하기도 하겠지만 결혼을 하지 않으니 부모의 마음을 헤아릴 턱이 없을 것이요, 다행히 안다고 한들 어느 부모가 기다려 주겠는가.

바야흐로 짚신도 짝이 있다는 그런 시대에 뒤떨어진 생각은 이제 헌신짝처럼 버리는 시대가 된 것 같다. 사정이 이렇다 보니 이제 속담 개정 작업이라도 해야 할 것 같다.

"짚신은 짝이 없다"거나

"짚신이 아니어도 짝이 없다"거나 아니면

"짝이 없으면 한 짝으로만 산다" 등등으로.

그런데 문제는 갈수록 인구가 점점 더 줄어가니 큰 문제가 아닐 수 없다. 이대로 미적거리고만 있을 수 없는 일이 된 것이다. 민족 존립에 관한 문제이기 때문이다. 조속한 속담 개정 작업과 그 후속 대책을 세우는 데 정부가 나서야 할 때이다.

그렇지 않으면 제 짝을 찾지 못한 젊은이들로 인해 금세기가 다 가기도 전에 소리도 없이 민족 전체가 소멸될 위기에 빠질지도 모르기 때문이다.

# 문홍단 씨

문홍단 씨가 우리 교회에 올 때는 성구사에서 십자가 탑을 세우러 온 사람이 "이곳은 교회할 자리가 아니다"라며 옥상에다가 철근만 놓고 돌아간 뒤였다.

그도 그럴 것이 교회가 있는 곳은 작은 도시의 변두리요 아무것도 없는 황량한 빈들이었기 때문이었다. 도로를 따라서 집들이 띄엄띄엄 줄지어 서 있고 건물 뒤로는 논과 밭이었다. 그리고 두어 정거장을 가면 미군 비행장이 있고 미군 비행장 정문 앞으로 술집과 다방 등이 있으며, 군부대에 기대어 사는 사람들이 모여 있는 가난한 동네가 있는 곳이었다.

아마 누가 보더라도 사람의 왕래가 뜸한 곳에 무슨 교회가 될 것 같은가 의심할 만한 장소라고나 할까. 아무튼 한 삼십여 명의 가난한 사람들이 모여 예배를 드리고 있을 때 홍단 씨가 교회 문을 열고 들어왔다. 시골 교회에서 한 사람을 전도하기도 힘든데 한 사람이 스스로 교회 문을 열고 들어왔다는 것은 얼마나 반가운 일인가. 그 반가운 마음은 상상을 초월하리라. 그래서 으레 처음 온 사람에게 물어보는 습관대로 "반갑습니다." "어디서 오셨습니까?" "처음 오셨습니까?" 등등을 물어보는데 어쩐지 표정이 시큰둥했다. 그리고 이것저것을 물어보자 마지못해 한번 힐끗 쳐다보며 "저요?" 되묻더니 "저는요, 큰 교회 다녀요" 하는 것이었다. "큰 교회라면 어디지요?" 내가 재차 물어보자 "저는요, 서울에 있는 큰 교회 다녀요"라고 대답했다. 서울에 있는 큰 교회라니? 큰 교회든 작은 교회든 이름이 있는 것 아닌가? 황당했다. 그래서 나는 더 무슨 말을 물어보고도 싶었지만 그만두고 말았다.

그런데 이상했다. 큰 교회에 다닌다던 그는 거의 예배시간에 빠짐없이 참석하여 예배를 드린 후 가곤 하였다.

나는 단순히 그가 오면 인사를 했고 가면 잘 가시라고 할 뿐 다니는 교회가 있다는 분이었기 때문에 심방을 가지도 않았고 더 이상 묻지도 않았다.

그러나 그분은 계속해서 우리 교회에 출석을 하였다. 그리고 몇 개월이 지났을 무렵 주일예배를 드리기 위해 강단에 엎드려 기도하고 있는데 누군가 옆에서 자꾸 나를 불렀다. 기도를 하다 말고 눈을 떠 보니 예의 그 홍단 씨였다.

"목사님, 오늘은 교회 안내위원이라 저는 서울 올라갑니다."

"아, 네?"

"저 잘 다녀오겠습니다."

"……."

기도를 하다 말고 눈을 뜨고 보니 그는 곱게 한복을 차려 입고 만면에 미소를 띠면서 다녀오겠노라고 한 후 내 대답을 채 듣기도 전에 사라졌다.

목회하다가 제일 긴장할 때가 바로 예배 시작 전이다. 바로 당일 선포될 말씀을 위해서 기도하고 전심전력하는 때이므로 전화도 받지 않고 아무리 급한 이야기나 상담이라도 설교 이후에 하도록 누누이 강조하는 터였다. 그런데 기도하던 사람을 깨우더니 서울에 있는 큰 교회에 간다고 해놓고 사라져 버린 것이다.

다녀오려면 조용히 다녀오든지 말든지 할 일이지 무엇에 홀린 기분이었다. 그 후로도 그는 교회에 나왔다. 그리고 잊어버릴 만하면 한 번씩 안내위원을 한다며 바로 서울로 가지 않고 교회에 들러서 온 교우들 앞에 "나는 서울에 있는 큰 교회 가노라"며 광고를 하고 갔다. 그러다 보니 교인들도 역시 어리둥절하기는 매한가지였다.

그러나저러나 교회 출입한 지 거의 일 년이 지나고 있었다.

그러던 어느 날 새벽이었다.

새벽기도를 마치고 집에 돌아가려고 하는데 뒤에 앉아 기다리고 있었다.

"웬일이세요?"

"목사님, 나하고 잠깐 집에 좀 같이 갈 일 있어요."

아니, 이 새벽에(?)……. 의아했지만 무슨 커피라도 한잔 대접하겠다는 건가 생각했는데 바로 길 건너 집 문 앞에 도착하자 이렇게 말했다.

"목사님, 사실 집에서 나올 때 열쇠를 가지고 나오는 건데 깜빡 잊고 놔두고 와 문이 잠겨 들어갈 수 없으니 내 발을 좀 받쳐주세요."

그러면서 그는 말을 마치자마자 담 밖에 놓인 쓰레기통을 타고 넘어가면서 자기를 받쳐달라고 하였다. 나는 밑에서 받치고 홍단 씨는 담장을 넘었다. 엄청 무거웠다. 쿵 소리가 났다. 가까스로 담장을 넘었는가 싶어 "집사님, 잘 계십시오"라고 하고 발길을 돌리려는데 "아니, 목사님. 오늘 저하고 어디 급하게 갈 곳이 있으니 잠깐 기다리세요"라고 하였다.

"급하게 갈 곳이라뇨?"

"글쎄, 가보면 알아요."

이른 아침부터 비가 부슬부슬 내리기 시작했다. 택시를 타고 한 삼십여 분을 달렸는가 싶었는데 도심 변두리 한적한 골목길에 당도할 때쯤 그는 말했다.

"목사님, 사실은 내가 돈 받을 것이 좀 있는데 그 인간이 돈을 안 갚고 있어요. 자기는 먹을 것 다 먹고, 입을 것 다 입고 살면서……."

"……."

나는 잠자코 듣고 있었다.

"나쁜 인간이야. 내 구렁이 알 같은 돈을……. 그 돈이 뭔 돈인데."

그는 두서없이 그리고 띄엄띄엄 말을 이어나가더니 차에서 내렸다. 그리고 나에게 말했다.

"목사님, 저기 저 골목 안에 파란 대문 달린 집이 있거든요. 보이시죠?"

하면서 손가락으로 골목길 중간쯤에 있는 파란 대문 집을 가리켰다.

"그래서요?"

"그 집 문틈으로 보면 자가용이 있을 거예요 그 차 번호를 알아야 차압을 붙일 수 있으니 가서 차 있는가 좀 보세요."

"그런 일이면 집사님이 직접 가서 보세요."

나는 언짢은 표정으로 말했다. 그랬더니 그는,

"아이고, 목사님! 내 얼굴은 다 알아서 그래요."

나는 어이가 없었지만 그가 시킨 대로 골목 안을 서성대며 파란 대문을 기웃거려 보았다. 그런데 차도 없었고 아무 인기척도 없었다.

한 시간쯤 지났을까, 도저히 안 되겠다 싶어서,

"집사님, 그냥 가시지요. 아무것도 없어요."

그랬더니,

"다시 좀 보세요. 차가 나올지도 몰라요"라고 하였다.

"아닙니다. 저는 그냥 가야겠습니다."

비는 계속 내리고 있었다. 그제야 그는 골목 입구에 있는 약국에서 혼자 드링크를 사 마시다 말고 나와서,

"내 얼굴을 다 알기 때문에 목사님께 대신 가보라고 한 건데……."

라고 아쉬운 듯 말했다.

그날 새벽부터 일어난 난데없는 해프닝은 그렇게 끝났다.

그러던 어느 날이었다.

홍단 씨가 예배에 참석하고 있는데 교회 문이 열리더니 낯선 한 사

람이 들어왔다. 키는 6척이 넘고 몸무게는 100kg 이상 나간 것 같은 거인이었다. 그런데 예배는 드리지 않고 뒤에서 혼자 떠들어 대기 시작했다. ―나중에 알고 보니 그 사람은 홍단 씨의 아들이었다.― 예배시간에 알 수 없는 말로 떠들어 대니까 뒤에 있던 성도 한 사람이 돌아보면서 입에 손가락을 대고 쉿! 하며 조용히 하라고 하였는데 순간, 그 여자 성도는 그만 소스라치고 말았다. 그 낯선 청년의 눈에서 새파란 불이 나왔기 때문이었다. 그 성도는 사색이 되었다. 표정이 돌같이 굳어버렸다. 내가 예배를 마치고 강단에서 내려와 그에게 다가갔을 때 그는 급히 교회를 도망치듯 순식간에 빠져나가 버렸다. 그 일 이후 나는 집사람과 함께 그 집을 심방하였다. 한 번 심방 요청을 해왔기 때문이었다. 홍단 씨는 자기 주변 이야기를 주섬주섬 털어놓았다. 아들이 고등학교 2학년 때부터 귀신이 들렸다는 사실과, 아무리 해도 낫질 않는다는 사실과, 남편은 첩을 얻어 딴살림을 차렸다는 것과, 귀신 들린 아들이 가끔 안방에 들어와 "내가 엄마를 죽일 수도 있다"고 말했다는 등……. 그리고 이곳에 오기 전 안녕리라는 곳에서 살 때 그곳 가까운 교회 목사님이 오셔서 심방을 하고 축사逐邪 기도를 했는데 기도를 받던 아들이 갑자기 벌떡 일어나 "목사라고 아주 멸치 같은 것이 와서 기도한다"고 하면서 목사님을 번쩍 들어 개골창에 처박아버렸다는 이야기도 해댔다. 나는 잠자코 이야기를 듣고 있었다. 그리고 이야기 끝에 말했다. "이 아이 문제는 분명히 가정 안에 있습니다." 그 말을 한 후에 보니 홍단 씨의 눈빛이 이상하게 빛나고 있었다. 한동안 말이 없었다. 한참 지난 후 "목사님, 우리 아들을 위해서 기도해 주세요"라고 말했다. 나는 그 말을 듣고 그 아들이 있는 건넌방으로 갔다. 대낮인데도 아들은 문을 닫고 캄캄한 방에서 무엇을 하고 있었다. 자세히 보니 온 방 가득히 침을 뱉어놓고 가위로 신문지를 오리고 있었다. 무심코 오려놓은 신문지 조각을 집어 들고 본 순간 나는 깜짝 놀랐다. 다름 아니라, 신문지 광고 하단에 난 장의사와 묘지에 관한 이름과 전화번호를 가득 오려놓고 있었기 때문이었다. 그래서 내가 그것을 홍단 씨에게 보여주었다. "집사님, 온통 장의사와 묘지 광고군요." 그런데 이상한 것은 그는 전혀 놀라지 않고 있었다. 신기한 일이었다. 나는 그 자리에서 바로 간절히 기도를 드렸다. 그런데 기도를 마치고 눈을 떠 보니 홍단 씨 아들이 보이지 않았다. 기도 중에 몰래 도망가 버린 것이다. 홍단 씨는 부리나케 밖으로 뛰어나갔지만 아들의 종적을 찾을 수 없다며 돌아왔다. 그 일 이후 경찰에 신고한 지 3일 만에  연락을 받고 가서 찾았는데 거지 중에서도 상거지가 되어 있었다고 후일 나에게 알려주었다.

아무튼, 그 후로도 이런저런 여러 가지 일들이 있었지만 그는 때가 되면 한 번씩 서울에 있는 큰 교회에 가노라고 곱게 한복을 차려입고 교회에 들러 온 교우들 앞에 자랑을 하고 가는 바람에 가난한 변두리 교회 성도들의 마음을 허탈하게 만들었다. 그리고 그는 자기가 어떤 시골 교회를 지어주려고 하는데 목사가 맘에 들지 않는다고도 했고, 지난번에 빌려준 돈 받기만 하면 이 교회에 건축 헌금을 하겠노라고도 했다. 그러더니 그는 한동안 교회에 나오지 않았다. 들리는 소문에 의하면 그가 빌려준 돈을 받았다고 했다. 그리고 그는 이곳저곳 교회를 순회하고 다닌다고도 했다.

영원한 떠돌이별!

목회자들은 한 곳에 정착하지 못하고 이곳저곳 기웃거리며 다니는 사람들을 대충 그렇게 부른다.

그리고 오랜 시간이 지났다. 잊어버릴 때쯤 돌연 그가 아들 결혼 청첩장을 가지고 불쑥 나타났다.

"목사님, 우리 아들 결혼해요."

"아들이라뇨?'

"둘째 아들이에요."

"아, 둘째 아들도 있었군요."

나는 부랴부랴 결혼식에 참석하기 위해서 서울로 올라갔다. 호텔이었다. 훌륭한 예식이었다.

결혼식에 참석하고 돌아온 후 나는 목회에 서서히 지쳐가고 있었다. 나는 그곳을 떠나기 위해서 기도하기 시작했다. 3년 6개월의 시간이었다. 엘리야가 황무한 땅을 헤매고 있었던 기간이었고, 바울이 아라비아 광야에서 연단을 받았던 3년의 시간이었다. 이곳에서의 목회는 실패였다. 그러나 실패를 통해서 나는 많은 것을 배우게 되었다. 기도한 지 한 달쯤 되었을 때 일련의 청년들이 찾아왔다. 전도사 시절 가르쳤던 제자들이었다. 나는 새로운 목회 비전을 위해 청년들과 이야기를 나눈 후 함께 힘을 모으기로 했다.

이사 가기로 작정한 전날 전화가 왔다. 홍단 씨였다. 이상한 일이었다. 아무에게도 알리지 않았는데 어떻게 알았는지. 그래서 물었다. 어떻게 알았는가를. 그랬더니 그는 기도해 보니 목사님이 아무래도 떠날 것 같아서 전화를 했노라고 했다. 그리고 거두절미하고 가지 말라고 했다. 이곳에 땅 500평이 있는데 그 땅을 바칠 테니 여기서 교회당을 짓자고 간청을 했다. 나는 다른 곳으로 가기로 이미 응답을 받았노라고 말했지만 그는 막무가내였다. 난감했다. 평소에 자신은 보잘것없는 시골 교회 다니는 사람들과 같지 않다는 생각을 가지고 있었던 그였다. 더불어 큰 교회 건물은 바로 자기 신분을 나타낸다고 생각했던 사람이었다. 그런데 그는 전화를 붙들고 통사정을 하고 있었다. 그러나 그의 말은 하나님으로부터 온 음성으로 들리질 않았다. 수화기를 들고 통화한 지 한 시간은 족히 지난 것 같았다. 전화기를 든 팔이 저렸다. 다른 방법이 없는 것 같았다. 나는 하는 수 없이 조용히 수화기를 내려놓았다.

# 여름 산책

여름을 사랑하는 것들은 빛을 얻고 사랑하지 못한 것들은 빛을 잃는다.

칸나와 해바라기는 빛을 얻고 장미는 빛을 잃는다. 반대로 금은화와 달맞이꽃은 빛을 잃고 봉숭아와 맨드라미는 정염의 눈빛을 얻는다.

태양을 사랑하는 것들은 새파랗게 돋아난다.

콩잎이 새파래지고, 명아주풀이 새파랗게 키가 자라고, 강아지풀이 무성하고, 수수목이 길어진다.

담쟁이 넝쿨은 햇빛 속에서 짙은 초록빛 물감을 빨아들이고 있다.

모두들 뜨거운 여름을 끌어당겨 허기진 빈속을 채우고 있다.

사랑하는 것들은 성장한다.

날마다 초록빛 대지 위에 짙어지는 그림자로 자신을 확인한다.

사랑하는 것들은 서로 유혹한다.

여름 숲은 온통 관능의 몸짓이다.

자유를 갈망하는 것들은 한 곳에 머물지 않는다.

호박 넌출은 날마다 자라 미지의 세계로 건너간다.

나팔꽃은 날마다 푸른 하늘을 향해 나팔을 불고 하늘을 조금씩 닮아간다. 담쟁이 넝쿨은 경계를 넘어 타인의 자유를 엿본다.

여름은 성장盛裝의 계절이다.

사춘기의 사물들은 아름다운 변신을 꿈꾼다.

성장하는 것들은 고뇌한다. 고뇌하는 것들은 불면의 밤을 보낸다. 젊은 밤은 불면으로 뒤척이며 꿈을 꾼다. 꿈은 희망이고 내일이다. 절망 가운데는 열매가 없고 열매가 없으면 내일이 없다.

여름은 초록의 바다다.

그래서 여름 바다는 바람이 불 때마다 초록빛 물감으로 일렁인다.

여름은 모든 것들을 길러낸다.

끈끈한 욕망을 배태하며 무한한 사랑을 쏟아낸다. 배태한 모든 것들은 제 새끼들을 껴안고 젖을 물린다. 사물들은 생명을 길러내면서 묵묵히 제 길을 간다. 침묵의 몸짓으로 언어를 대신할 뿐이다. 여름을 살아가는 것들은 날마다 도약을 꿈꾼다. 그리고 무한한 우주를 향하여 비상의 날개를 펼친다.

아름다운 것들은 숨어 있다. 숨어 있는 것들은 화려한 모반을 꿈꾼다. 햇빛과 숲은 은밀한 밀회를 즐긴다. 태양과 숲은 내밀한 시선을 주고받는다. 아무도 보지 않는 은밀한 소리로 속삭인다. 생성과 번식 그리고 소멸, 다시 생성과 번식과 소멸이 반복되고 있다.

사랑하는 자들의 귀에는 작은 소리도 들린다.

그래서 사랑할수록 더 내밀한 소리로 속살댄다. 사랑하지 않은 자들에게는 아무 소리도 들리지 않는다. 미움과 증오 가운데는 침묵만 있을 뿐이다. 적막한 우주 공간에 홀로 존재할 뿐. 모든 사물들은 태양과 사랑하므로 생명을 얻는다. 생명은 예술이고 죽음은 우주의 종말이다.

8월은 항상 무더운 열기를 품고 우리 곁에 다가온다.

끈적끈적한 여름은 결코 쉽게 물러가지 않는다. 제 욕망의 끝에 다다르기까지 일정을 포기하지 않는다.

기상대는 경산시 하양의 수은주가 40.3도라고 말하여 모두를 놀라게 했다. 그뿐 아니라 천안에서는 유정란 몇 개가 집에서 부화되었다고 하여 듣는 이의 마음을 경이롭게 만들었다. 한쪽에서는 유례없는 더위에 달걀이 부화되었다고 하는데 한편에서는 폭염 속에 300만 마리가 넘는 닭들이 떼죽음을 당했다는 소식도 전해왔다.

생존과 죽음의 전장!

여름은 전장이며 소리 없는 싸움터다. 숲속에서는 매일 살육의 피비린내 나는 전쟁이 계속되고 있다. 승자도 패자도 없는 싸움! 삶의 이름으로 벌이는 생존게임이다. 따라서 삶의 전쟁은 아름답다. 눈물겹도록 치열하다. 그러나 곧 종전의 소식이 들려올 것이다.

일찍 길을 나선 코스모스가 첨병처럼 풀숲에 숨어 있다.

더위의 절정에서 여름은 자기의 때가 얼마 남지 않은 것을 깨닫는다. 오만가지 여름 벌레들이 마지막 절박한 소리들로 여름을 붙들고 있다. 아침부터 기를 쓰고 매미가 울어대는 날은 더위가 떼로 몰려온다. 하늘에는 뭉게구름만 피어오르고 어디서도 비는 내리지 않는다. 태풍 소식도 없다.

여름 시인들은 더위 속에서 잠시도 쉬지 않고 언어의 해체와 조립을 반복한다. 구슬 같은 땀을 흘리는 농부를 생각하면서. 그리고 농부가 잡초를 뽑고 김을 매듯 사유의 고랑을 파고 씨를 뿌리고 김을 맨다.

문학에 뜻을 두고 습작을 시작하던 학창시절에는 변변한 선풍기 하나 없었다. 대부분 여름에는 우물가에서 등목을 하고 손에 살이 부러진 부채 하나를 쥐고 엎드려 글을 썼다. 그럴 때면 땀방울이 떨어져 팔이 닿는 책상이 땀으로 미끈거렸다. 무슨 글을 썼는지도 생각이 나질 않는다. 젊음을 배설하는 것만으로도 행복한 시절이었다.

여름엔 모든 사물들이 느리게 움직인다. 더위에 시간이 늘어졌는지 모른다고 생각했다. 시간도 더위에 늘어진 것일까. 사방이 고요하다. 전화도 없고, 편지도 없고, 먼 곳의 기별도 없다. 아무 소리도 들리지 않는 무중력 상태의 행복감! 죽음 이후 주변이 이렇게 고요할 거란 생각이 스치고 지나갔다.

모두들 피서를 갔는지 주변에 인기척이 없다. 갑자기 혼자서 많은 공간을 소유한 느낌이 든다. 더위를 피해 어디론가 떠난 사람들은 머지않아 이 세상에 더 이상 피할 곳이 없음을 알고 돌아오리라.

더위를 만들어 내는 범인은 이기심이다.

도시의 거리는 아스팔트와 보도블럭이 내쏘는 복사열로 화덕 같다. 해가 진 후에도 온돌처럼 달궈진 뜨거운 열기가 밤잠을 이루지 못하게 한다.

자동차에서 내뿜는 열기로 도시는 숨이 막히고 지하철에서 내뿜는 뜨거움으로 땅 속 역시 마그마처럼 들끓고 있다.

대형 건물과 집에서 내뿜는 에어컨의 열기도 가세한다. 모두 제 열기를 제가 담당하면 좋으련만 제가 담당해야 할 더위를 남에게 전가시키고 여름에서 도피하는 꿈만 꾸고 있다.

정월 보름날부터 "내 더위, 내 더위" 하고 외치는 더위 파는 사람들 때문일까, 도회의 거리는 열탕 같다.

만약 아스팔트를 걷어내면 흙은 제 몫의 더위를 받아들일 것이다.

만약 자동차를 버릴 수 있다면 여름의 열기가 사라지리라.

에어컨 대신에 부채를 들고 모시옷을 입는다면 우주의 온도는 내려가리라. 만약 도시의 건물에서 냉방시설을 중단한다면 도시의 더위는 소리 없이 물러가리라. 모든 사람들이 제 분량의 더위를 받아들인다면 고통스러운 더위에서 해방될 것이며 전쟁의 소식이 그칠 것이다. 그리고 마침내 사람들은 서늘한 눈빛으로 서로 사랑하리라.

만약 피서를 버리고 유서遊暑를 택한다면 더위의 악순환에서 자유하리라. 그러나 그런 세상이 올 것인가. 알 수 없는 일이다. 오늘도 무성한 여름 숲속에서는 더러는 죽고 더러는 다시 태어나는 소리 없는 전쟁이 한창이다. 그리고 그 소리 없는 전쟁은 쉬 끝날 기미를 보이지 않는다.

# 산에 대한 명상

산은 스승이다.

나무라지 않고 큰소리 한 번 치지 않고 침묵으로 가르치는 스승이다.

높은 곳을 오르려는 사람을 위하여 낮은 골짜기를 만들어 내려가는 법을 가르치고, 낮은 곳에 처한 사람들을 위하여 높은 봉우리를 만들어 희망을 바라보게 한다.

산은 등성이를 만들어 힘없는 자들이 기대어 살게 하고 넓은 가슴을 벌려 가슴에 안긴 모든 것들을 품어준다.

사슴, 노루, 고라니, 토끼 그리고 늑대와 호랑이에 이르기까지. 온순한 것도 기르고 사나운 것도 품에 안아 기른다.

뿐만 아니라 날짐승도 기르고 땅에 사는 동물들도 기른다. 한결같이 먹이고, 입히고, 재워준다.

온갖 기화요초들도 기른다. 철따라 보이지 않는 손길로 김을 매고 물을 주고 가꾸어 아름다운 꽃들을 피게 한다.

산은 어울려 사는 법을 가르쳐 준다.

키 큰 나무 옆에 키 작은 나무를 키우고, 찔레꽃 옆에 엉겅퀴를 키우고, 칡넝쿨 옆에 한삼덩굴도 함께 자라게 한다. 그뿐 아니라 참나리와 개나리가 함께 살게 하고 복수초와 노루귀와 매발톱꽃이 어울려 살게 한다.

또한 산은 우리에게 끝없는 이야기를 들려준다. 삶에 지친 사람들에게 잊어버린 고향의 이야기를 들려준다.

내 고향의 산은 달이 솟는다는 이야기부터 시작한다.

세칭 달이 태어나는 산이라 하여 월생산 또는 월출산이라 부른다. 원래 이곳에는 세 개의 움직이는 바위가 있었는데 이 바위는 한 사람이 밀거나 백 사람이 밀어도 항상 움직이는 것이 동일하다. 이 때문에 이 고장에서 큰 인물이 날 것이란 소문이 자자했는데, 이를 시기한 중국 사람들이 바위를 아래로 밀어트렸단다. 그런데 아침에 보니까 굴러 떨어진 바위가 스스로 다시 봉우리로 올라갔다는 신비한 이야기를 들려준다.

그리고 호랑이가 담배 피우던 시절에 개호랑이가 살았다는 이야기며, 밤이면 마을로 내려와 개를 한 마리씩 잡아먹는다는 이야기, 그리고 나무꾼들이 나무를 지고 내려올 때 소리도 없이 뒤를 따라왔다는 이야기 등을 들려주었다.

그뿐 아니라 천황봉에 새겨진 큰바위얼굴 이야기, 구정봉의 아홉 개의 우물이 마를 날이 없다는 이야기. 그리고 구정봉의 한 우물은 땅끝이 맞뚫려 있어 사람의 말소리가 들린다고도 했고 어떤 날에는

"비오니까 빨래 걷으라"는 소리도 들렸다고 전해주었다. 그 밖에 용이 솟아올랐다는 용추폭포 이야기, 장군이 딛고 간 발자국과 오줌 눈 구멍이 선명한 장군 바위 이야기, 어느 땐가 촌부가 공부해서 과거 시험에 합격한다는 책굴 이야기 등. 어느 한 가지인들 신빙성이 있는 것은 없지만 그런 줄 알면서도 매번 들으면 흐뭇하기만 한 이야기들이다.

산은 계절마다 우리에게 다른 모습을 보여준다.

여름에는 푸른 녹음을 풀어놓아 모든 헐벗은 것들을 감싸주고 빈 자들에게 양식을 내준다.

그러나 가을이 되면 여름내 움켜쥐었던 모든 소유를 발 아래 내려놓는 법을 가르쳐준다. 그래서 버림으로써 얻는 부요함과 내려놓음으로써 얻는 자유함을 깨닫게 한다.

그리고 겨울이 되면 눈 덮인 겨울산을 보여준다. 모든 생명체들이 숨을 죽이고 차고 빛나는 정신의 봉우리를 바라보면서 왜 삶은 경건해야 하며 왜 살아 있음에 감사해야 하는가를 알게 한다. 그리고 침묵의 겨울산 건너편에 있는 영원한 세계가 무엇인가를 생각하게 한다.

머지않아 새봄이 있음을 말해주고, 어둡고 암울한 삶의 끝에 찾아올 광명한 새 아침을 가르쳐주기도 한다.

산은 배신하지 않는다.

발이 없으니 제자리를 떠나지 않는다. 뿐만 아니라 입이 없으니 보기만 할 뿐 말을 하지 않아 간사가 없다.

산은 모든 살아 있는 것들의 고향이다. 인간도 결국은 산으로 돌아간다. 물고기가 먼 항해를 끝내고 태어난 곳으로 돌아가듯, 날짐승들이 떠돌다 해가 지면 둥지를 찾는 것처럼 결국은 앞서거니 뒤서거니 산으로 돌아갈 것이다.

산은 지혜의 표상이다. 온갖 풍상 속에서도 지치고 고단한 자에게 평화와 안식을 주고 우둔한 자에게 깨우침을 주는 경구요 잠언이다.

아! 그 오랜 세월 동안 변함없이 자비와 긍휼을 베풀어주고 말없이 다가와 침묵의 언어로 가르쳐주던 영원한 스승이다.

# 사대주의

키가 작은 사람은 큰 키를 사모하고 작은 집에 사는 사람은 큰 집을 사모하듯, 나라가 작아서일까 예로부터 우리나라 사람들은 유난히 큰 것을 좋아한다.

주지하다시피 사대주의 사상이라는 것도 큰 것을 좋아하다 보니 생겨난 것이 아닌가 생각한다. 우리나라보다 크면 형제의 나라라 하여 형님의 자리를 물려주고 스스로 아우의 자리로 내려앉고, 나라를 개국해야 하는데 조선과 화녕 중 어떤 것으로 하면 좋겠냐고 물어보는 것 또한 작은 나라요 약소국이었기 때문이었을 것이다. 세상에 형이요 동생이 어찌 몸의 크기로 정한단 말인가. 아무리 키가 크고 체격이 커도 나이가 적으면 동생이요, 아무리 체격이 작아도 나이가 한 살이라도 더 많으면 형이 되는 법인데, 이 창세 이래 불변의 진리도 때에 따라서는 변할 수도 있는 모양이다. 살아남기 위한 역사는 때론 눈물겨운 일이 많다.

아무튼, 그런저런 이유 때문인지는 몰라도, 또는 열등의식을 극복하기 위해서 그랬는지는 몰라도 모든 이름에 큰 대 자字가 들어간다.

먼저는 나라 이름이 대한민국이니 크다는 의미가 두 번 들어간다. 글쎄, 나라 이름에 큰 대 자가 들어가는 나라는 영국 정도나 될까. 영국이야 세계 도처에 영연방이 산재해 있으니 '그레이트'란 말이 들어가겠지만 우리는 영토가 미국이나 중국의 백분지 일, 브라질의 팔십오분지 일, 인구로 치면 중국의 이십팔분지 일, 인도의 이십육분지 일이고, 가까운 베트남이나 필리핀보다 작음에도 불구하고 나라 이름에 크다는 의미가 두 번 들어가니 말이다. 물론 '한'이란 의미는 크다는 것 외에 다른 의미도 있다지만.

그럼 다른 나라들은 어떤가. 미국이나 필리핀이나 할 것 없이 사람 이름이고, 사우디아라비아는 '사우드'라는 가문 이름이고, 헝가리는 훈족의 나라라는 뜻이고, 이탈리아는 과거에 소떼를 많이 키워 이웃 그리스 사람들이 송아지란 의미로 부르기 시작했기 때문이고, 싱가포르는 국가의 상징인 머라이언을 뜻하는 '사자의 도시'란 뜻이고, 브라질은 염료로 쓰이는 브라질우드라는 나무 이름이고, 인도는 갠지스 강에서, 니제르는 니제르 강 이름에서, 불가리아는 볼가 강에서 온 사람이라는 뜻이고, 라오스는 라오족에서, 베트남은 비엣족의 이름이니 대부분 강, 하천, 사람 이름, 부족 이름일 뿐이다. 여기에 비교하면 우리나라 이름은 마치 작명가가 몇날 며칠을 심사숙고하고 의미에 의미를 더하여 지은 듯 '크고 크며 빛나는 백성의 나라'쯤이라고나 해야 할까. 아무튼 어렵게 짓느라 고심한 흔적이 역력하다.

그뿐 아니라 건물에도 세계 최대가 들어가고 공장도 세계 최대의 공장, 그리고 교회도 세계 최대를 자랑하며 선수촌도 최대를 내세운다. 그것뿐이랴. 그것에 못 미치면 동양 최대의 건물이나 시설임을 내세운다.

단순히 건물만 그런 것은 아니다. 다리 이름에도 큰 대 자가 들어간다. 한강에 놓인 다리 31개는 기차가 다니는 철교나 잠수교를 제외하고는 대부분이 대교이다. 한강대교, 마포대교, 성산대교, 양화대교, 동작대교 등등. 물론 중교나 소교는 없다. 이런 일들이 서울에만 있는가. 아니다. 지방도 마찬가지다. 진도대교, 거제대교, 영도대교 할 것 없이 모조리 대교다. 그러나 외국의 경우는 좀 다르다. 영국 런던 템즈 강을 가로지르는 다리가 70개 정도인데 대부분 브리지고 중심에 타워 브리지가 있을 뿐이다. 그 외에도 호주 시드니에는 시드니 하버 브리지, 미국 뉴욕에는 브루클린 브리지와 맨해튼 브리지, 샌프란시스코의  골든게이트 브리지, 체코 프라하의 카를 브리지 등 크다는 말은 없고 단순히 다리라고만 부르고 있을 뿐이다. 심지어는 세계 최장의 다리라고 할 수 있는 미국 루이지애나의 폰차 트레인 코스웨이 브리지는 무려 38킬로미터나 된다. 우리나라가 자랑하는 영종도에서 송도 국제도시까지 연결하는 다리보다 무려 17킬로미터나 더 긴 다리다. 그럼에도 우리는 인천대교라고 넌지시 대大 자를 넣어 부르지만 그들은 그냥 다리일 뿐이다. 물론 다리 이름만 그런 것은 아니다. 공원 이름도 서울 대공원이고 지방마다 대공원이 있다. 아이들을 위한 공원도 어린이 대공원이다. 무조건 크다는 의미보다는 아이들에게 동화 같은 꿈과 희망을 주는 이름이면 어떨까 생각해 본다.

경제 개발을 할 때도 정부는 대기업 위주로 했고, 중소기업은 관심밖이었다. 몇 십 년이 흐른 후 비로소 중소기업의 역할이 얼마나 중요한가를 알게 되었으니 그나마 다행스런 일이다.

국가 지도자에 대한 호칭도 대통령이라며 넌지시 큰 대 자를 집어넣은 나라는 아마 우리가 유일할 것이다. 미국은 사회자를 뜻하는 프레지던트다. 그래서 상원의장도, 회장도, 좌장도 다 프레지던트다. 중국은 주석이나 총리이고 나머지 나라는 수상쯤으로 부른다.

주거 생활도 마찬가지다. 게딱지 같은 초가삼간에서 살아온 것이 한이 되었는지 아니면 고래 등 같은 기와집을 그리워해서 그랬는지는 모르나 아파트로 이사할 때마다 평수를 늘려 마치 자기의 신분을 과시하듯 대형 평수를 자랑하더니만 이제는 한풀 꺾인 느낌이다.

자동차도 예외는 아니다. 바꿀 때마다 큰 차로 바꾸어 교통 수단보다는 신분 과시 수단이 됨을 부인할 수 없다. 언젠가 사업하는 친구에게 그 연유를 물어봤더니 조그만 차 몰고 다니면 사업이 안돼서 그러는 줄 알고 돈도 안 빌려준다고 말하면서 웃었다. 작은 차도 교통수단으로 훌륭히 통용되는 유럽과 비견되는 부분이다. 그런 연유 때문일까. 전통시장이나 작은 구멍가게보다는 대형 마트를 선호하고, 작은 동네 목욕탕보다는 대형 사우나탕을, 그리고 교회도 작은 교회보다는 대형 교회로 몰린다. 작은 개울이 모여 샛강을 이루고 샛강들이 모여 바다를 이루는 본질을 망각한 일임이 분명하다. 더 나아가 민족종교라고 이름을 붙인 것도 대종교이고 사람이 길을 걸어다닐 때도 군자는 대로지행이고 울어도 대성통곡이고 깨닫는 것도 대오각성이고 술잔도 대폿잔이고 소설도 대하소설이고 전문가를 말할 때도 대가라고 하는데 중가나 소가가 있다는 소리를 아직 들어본 일이 없다. 인간 됨됨이를 말할 때도 대인배와 소인배로 나뉘며 대인배는 인품이 넉넉하다고 훌륭하다고 보며 소인배는 작고 볼품이 없는 사람에 대한 욕으로 통한다.

아무튼 사람은 많고 국토는 좁은데 큰 것보다는 알맞은 것을 생각할 때가 되었다. 물론 큰 것이 잘못됐다는 것이 아니라 우리 형편에 알맞게 살자는 것이고 떳떳하자는 말이다. 말을 할 때마다 큰 대 자를 넣는다고 해서 대국이 되는 것도 아니고 누가 대국으로 여기는 것도 아니다. 대국이니 소국이니 하는 것도 남이 알아줘야 하며 상대방이 그렇게 인식해야 되는 것이 아닌가.

우리보다 작은 나라지만 당당하게 사는 나라들이 세상에는 많다. 이스라엘의 인구는 세계의 0.2%에 불과하고 국토는 우리나라 오분의 일이며 그나마 국토의 절반은 사막이지만 노벨상 수상자의 30퍼센트를 배출한 나라다. 중부 유럽의 영세중립국인 스위스의 인구는 850만으로 우리나라 인구의 6분의 1 정도지만 당당히 선진국 대열에 서 있는 나라 중 하나이며, 세계의 골동품이라고 하는 베네룩스 3국도 세 나라를 합친 것이 우리나라보다 작다. 그러나 그들은 떳떳하게 살고 있지 않은가. 거기다 이스라엘은 6일전쟁 당시 자국보다도 30배가 넘는 인구를 가진 1억의 주변 아랍 국가들을 단 일 주일 만에 물리친 것을 보면 누가 감히 그 나라를 작다고 하겠는가. 작지만 큰 나라다. 세계 모든 나라들은 그 나라를 괄목상대하지 않으면 안 되는 것쯤으로 인식하고 있다. 이제 우리는 한풀이하듯 큰 것을 사모하지 말고 알맞은 것을 사모하자. 당당하자. 떳떳하자. 대국이 뭐 별것인가.

# 표절의 유혹

책을 받아 보고 나서 나는 깜짝 놀랐다.

아니, 이럴 수가! 참 희한하게도 거기에는 내가 이미 잡지에 발표했고 그리고 몇 년 전에 출판한 제7시집 『가고 다시 오지 않는 바람』에 수록된 「겨울 일기」가 「나목」이란 이름으로 버젓이 다른 사람의 이름으로 발표되었기 때문이다. 한동안 어안이 벙벙했다. 그리고 혼란스러웠다. 그러나 그 혼란스러웠던 마음은 이내 불쾌한 마음으로 바뀌었다.

이럴 경우엔 도대체 무엇을 어떻게 해야 할 것인가 얼른 생각이 나질 않았다. 불쾌하고 찜찜한 마음을 누르면서 며칠이 지났다. 요즘 말로 멘붕상태였기 때문이었다. 생각 끝에 생면부지의 사람에게 전화를 했다. 그리고 내 시가 표절되었다는 사실을 말하고 어떻게 된 일인가를 물었다. 전화를 받은 그는 잠시 머뭇거리는가 싶더니 이내 시인을 했다. 물론, 아니라고 할 아무런 근거도 없었다. 너무나 확실하고 누구든 한눈에 봐도 그것이 표절인 것을 금방 알 수 있었기 때문이었다. 나는 전화를 건 그 다음날 그를 만났다.

그런데 그는 뜻밖에도 젊은 목회자였다. 도대체 어떻게 된 일인가를 물어보았다. 그런데 그는 확실하게 어디서 보고 썼다는 말은 하지 않고 무엇을 보고 메모를 했노라고 우물거릴 뿐이었다. 뉘우치는 표정도 없었고 심각한 표정도 없었다. 뭐 그저 지나가는 일쯤으로 생각한 것일까. 나는 그에게 말했다. 농부가 땀 흘려 농사지은 곡식을 도둑맞은 기분이라고. 사실 그 외에 다른 적절한 말이 없었던 것 같았다. 서먹서먹한 만남이었다. 어색한 분위기 때문이었을까, 그는 표절 때문에 만났지만 막상 표절하고는 상관없는 이야기만 두서없이 해댔다. 교회 카페 공사를 했다는 둥, 관내 불우이웃돕기를 했으며 선교를 하고 있으며 교인들이 오천 명이나 된다는 둥 목회현장의 일들만 지껄이고 있었다. 이런 상황에서 그의 이야기는 귀에 들어오지 않았다. 진정성이 의심될 뿐 그의 가르침을 받는 교인들이 불쌍하다는 생각뿐이었다. 몇 마디 말도 주고받지 못한 채 그 정도에서 자리를 털고 일어났다. 그리고 몇 달이 지났다.

그런데 이번에는 발행된 다른 책이 도착했는데 아니, 이게 또 웬 날벼락인가 싶었다. 몇 달 전에 의례적인 인사만 나누고 헤어졌던 그 사람이 다시 또 다른 작품을 표절해 자기 이름으로 버젓이 올려놓은 것이었다. 그것은 1986년 5월 『현대시학』에 발표된 「날치에게」라는 시였는데 이번에 그는 제목까지 표절해 「날치」라고 쓴 다음 자기 이름을 올려놓았다. 그냥 넘어갈 문제가 아닌 것 같았다. 너무나 의도적인 일들이었다. 글을 쓰다 보면 다른 사람의 작품을 읽고 감동받은 나머지 무의식적으로 각인된 이미지가 부분적으로 표출될 수는 있겠지만, 이런 경우는 아예 처음 제목부터 시작해서 계획적인 것이라 여겨졌다. 이 일로 그 사람을 다시 만날 것인가 말 것인가도 혼란스러웠다. 무슨 뚜렷한 생각이 나지 않았다. 몇몇 지인들에게 전후사정을 털어놨다. 그런데, 진지한 대답은 없고 재미있는 일이 발생했다는 듯 유쾌하게 웃었다. 너무 잘 써서 탈이라고 했고, 표절을 못하게 써야 할 텐데 그것이 잘못되었다고도 했다.

작가의 실종된 도덕성에 대하여 말하는 사람은 아무도 없고 그저 남의 일이라 지나가는 말로 부담 없이 한 마디씩 거들었다. 괜히 말했다는 생각이 들었다. 게다가 무조건 용서하라는 소리도 들려왔다. 밑도 끝도 없는 소리였다. 그것도 생면부지의 여자가 한다는 소리가 들려왔다. 마치 유령의 말을 듣고 있는 듯했다. 도대체 무엇을 어떻게 용서하라는 말인지 감이 잡히지 않았다. 불쾌했다. 두 번씩이나 절도를 당한 것인데 피해자에 대한 배려는 없고 절도범만 옹호하는 꼴이었다. 뻔뻔스러운 사람은 하나가 아니라는 생각이 들었다. 신앙인들이 잘 쓰는 말 가운데 '은혜'라는 말이 생각났다. 이 세상에 그보다 더 좋은 말이 없을 만큼 좋은 말인데 사람들이 대충 넘어가자는 뜻으로 남용되는 말이기도 하다.

분명히 시정해야 될 문제인데 고치고 시정하자고 하면 까다롭고 웃고 넘어가면 은혜스럽다고 말하므로 잘못을 조장하거나 은폐하는 말로 오염된 단어가 된 경우이다.

하나님의 은혜는 잘못을 뉘우치고 회개하는 자에게 임하는 것이지

뻔뻔스러운 철면피에게 주는 특전이 아님이 분명한데도 말이다.

은혜!

말의 잘못된 남용으로 한국교회에 범죄의 빌미를 주고 온상이 되어 버린 낱말! 옛날 그리스인들은 표절을 '음흉하다' '간교하다'고 했다. 로마 시인 피텐티누스는 표절을 '유괴'라고 했는데 이는 마치 자기 자식을 유괴당한 것과 같다는 심정으로 사용했고, 영어로는 '해적질'이란 의미로 썼는데 시대와 사람은 달라도 공감하는 부분은 같다는 생각이 들었다. 몇 달 사이에 두 번씩이나 그런 일이 있고 보니 새삼 그 사람의 도덕성을 어떻게 이해해야 할 것인가 난감했다. 다시 내키지 않은 전화를 했다. 그리고 얼마 후 다시 만났다. 낯설고 서먹서먹한 만남이었다. 결론은, 공식적으로 사과문을 싣고, 그 책을 다시 간행하는 것이 좋겠다는 결론이었다.

연초에 시작된 표절 문제로 거의 한 해를 다 보낸 것 같았다. 생각지도 않은 일로 인해 시간을 보냈다. 도로徒勞였다. 연말이 다가오는데 더 이상 이 일에 매달리고 싶질 않았다. 먼저 내가 힘들었다. 그쯤에서 해결하기로 하고 서로 헤어졌다.

표절은 자기 자신뿐 아니라 독자를 속이는 사술이요 땀 흘리지 않고 자기 이름을 드러내려는 범죄의 유혹이다. 더구나 의도적인 표절은 계획범죄요 불량한 일이다. 밝혀지면 미안하다고 하면 되고 밝혀지지 않을 경우 영원히 자기 것이 되고 마는 기막힌 눈속임이다. 물질을 훔친 절도범은 자기를 숨기고 훔친 물질도 숨긴다. 그나마 양심이 남아 있다는 증거다. 그런데 남의 글을 훔친 글 도둑은 자기의 이름을 버젓이 내걸고 자기를 나타내는 것이니 양심에 화인 맞은 파렴치범이요 사람의 눈을 속인 사기꾼이다.

옛날 당나라 시인 송지문宋芝門이 쓴 유소사有所思에 이런 부분이 있다.

年年歲歲 花相以
歲歲年年 人不同

해마다 꽃은 같지만
해마다 사람은 다르네

상기의 글은 원래 사위 유희이劉希夷의 작품이었으나 장인이 사위에게 달라 해 거절당하자 사람들을 시켜 흙포대로 눌러죽이고 훔쳤던 시이다. 다른 표현을 쓰자면 장물인 셈이다. 나는 그와 헤어지면서 말했다.

"만약 글을 쓰고 싶으면 원고지를 가슴 닿게 쓰세요."

그가 어떻게 내 말을 이해했는지 모른다. 습작한 종이가 단순히 가슴에 닿도록 쓰라는 말씀으로 생각했을까. 맞는 말이다. 그러나 또 한 가지 의미를 부여했다면 부디 가슴에서 들려오는 양심의 소리에 귀를 기울이라는 뜻도 포함하고 있었다. 나는 몇 달 전 수필을 한 편 완성해 놓고 그 제목 붙이는 일에 시간을 보낸 적이 있었다. 처음 그

제목을 「귀향 연습」이라고 붙였다가 모 소설의 제목 중 「생명 연습」이 있다는 생각이 불현듯 나 제목을 부득불 「본향 가는 길」로 고쳐 발표한 일이 있었다. 물론 장르도 다르고 제목이 다르고 그 내용이야 더 말할 필요가 없이 다르기 때문에 구태여 그럴 필요가 있을까 하는 생각도 했지만 엇비슷한 제목이라도 자존심이 허락하질 않았다. 아무튼 작가는, 아니 이 땅의 모든 시인들은 양심의 소리에 귀를 기울일 줄 아는 사람이 되어야 한다. 그렇지 않는다면 어떻게 사단의 유혹에서 벗어날 수 있겠는가. 특별히 실정법만 위반하지 않으면 되는 세상 사람들에 비해 마음에 품기만 해도 죄가 된다는 것이 성경의 가르침이고 보면 그 소위는 더 분명하리라 본다.

# 두 길

나는 오랫동안 두 가지 일에 매달려왔다.

시를 쓰는 문학인의 삶과 목회자의 길이다. 남들은 하나도 못하는데 웬 두 가지냐고 반문할 사람들이 있을지 모르지만 이 두 가지는 상반된 것 같으나 사실 한 길에 두 가지 모습을 할 뿐 동일한 길이다.

목회자의 삶이 시의 삶이고 시가 지향하는 바 사악邪惡함이 없는 것이 목회의 지향점이기도 하기 때문이다.

목회자는 주로 말로 설교를 하고 전도하며 상담을 하고 문학은 주로 문자를 써서 표현하지만 말을 글로 변환하면 문자가 되고 반대로 문자를 소리로 변환하면 언어가 된다. 그뿐 아니라 성경 자체가 위대한 구원의 역사서이며 문학이 지향하는 바가 구원이라는 점에서 일치점을 갖는다.

또한 성경의 기록이 비유로 되어 있고 예수님은 비유가 아니면 말씀을 하지 않으셨으며, 비유 역시 문학의 중요한 표현 기법인 점이 동일하다. 더 나아가 성경 중심에는 150편이나 되는 시편이 있고 다윗은 그중 절반에 해당하는 73편을 기록하였으며, 바울은 복음서와 사도행전을 제외한 신약성경의 대부분을 기록한 대문호요 목회자였다는 사실 하나만 가지고도 쉽게 동질성을 발견할 수 있을 것이다.

더더구나 이 두 가지 일의 결정적인 공통점이라면 돈과는 별로 상관없다는 점이다. 이로 미루어보면 나는 평생 동안 이 두 가지 일에 매달려왔으니 본의 아니게 고난의 길을 걸어온 셈이다.

처음, 이 무욕의 길로 나가기 위해 시인의 꿈을 가졌을 때 부모님은 못마땅하게 생각하셨다. 시를 쓰면 가난하게 산다는 것이 중요한 이유였다. 그렇다면 왜 부모님이 그렇게 못마땅하게 생각하셨으며 왜 시인은 그렇게 가난하게 살아야 하는가에 대하여 한 번쯤 생각해 봤어야 할 터인데 다른 말은 귀에 들어오지 않았다.

그저 시인이 되는 길만이 내가 가야 할 길이라고 생각했다. 그래서 길을 가다가도, 슬픈 영화를 보고 난 후에도, 비 오는 날 홀로 내리는 빗줄기를 바라보면서도 불현듯 나는 시인이 되겠다고 다짐을 하였다. 이런 가운데 글쓰기를 해서 받아온 상은 당연히 대접을 받지 못했고 공부로 해서 받아온 상이라야 대접을 받았다.

공부는 재미가 없었고 타고난 재주가 없다고 느껴졌다. 그러나 글을 쓰는 것은 누가 시키지 않았지만 밤을 새워가면서 써댔다. 쓰고 찢고 하는 일의 반복이었지만 즐거운 수고였고 사서 하는 고생이었다.

반면에 목회자의 길은 어머니의 기도로 시작한 것이지만 내가 원한 길이 아니었다.

하나님의 강권적인 인도하심이었다. 아무튼, 두 가지 다 세상에서 돈과는 인연이 먼 일이었고 그러다 보니 사는 것이 팍팍했다. 나만 팍팍한 것이 아니라 죄 없는 가족들까지 힘들게 했다. 그런데 최근에는 나의 지나온 자취에 대해서 숙고하게 되었다. 귀가 순해졌는지 이순을 지나고였다. 왜 시인은 가난하게 살며, 왜 목회자는 가난한가에 대하여 생각하게 된 것이다. 이제 제정신이 돌아온 것 아닌가도 생각되었다. 서양 속담에도 "교회 쥐처럼 가난하다(As poor as church mouse.)"라는 속담도 있고 보면 동서양에 무엇인가 일맥상통한 것이 있는 듯도 했다.

아무튼 이런저런 생각 끝에 내린 결론 중 하나는 직유의 삶이 아니고 은유의 삶이 원인이란 생각이었다. 은유란 사물의 본뜻을 숨기고 표현하려는 대상을 암시적으로 나타내는 표현 기법인데 쉽게 말하면 숨기는 것이 많은 것이다.

숨기는 것이 많을지라도 이해되는 사람이야 즐거운 일이지만 반대로 이해되지 않은 사람들에게는 답답한 이야기요 세상 물정을 모르는 뜬구름 같은 이야기로 여겨졌을 것이다.

더더구나 바쁜 현대인들에게 은유란 한가한 사람들의 신선놀음에 지나지 않을지도 모른다. 직유도 시원찮을 판에 은유라니!

그래서 사사건건 의미를 숨기고, 생략하고, 함축하고, 등등은 골아픈 일이 아니겠는가. 쉽게 말하면 알아듣기 쉽게 쓸 수 있는 문장 한 줄도 무슨 꿍꿍이속인지 숨겨놓고 "알아맞혀봐라!" 하는 것이 마치 어린아이들이 술래잡기를 한다며 꼭꼭 숨은 뒤에 "찾아봐라!" 하고 소리를 지르는 것과 같다는 생각이다.

사정이 이렇다 보니 독자들이 외면할 수밖에 없고, 간혹 관심을 가진 사람이라 할지라도 "시가 어려워 무슨 말인지도 모르겠다"고 했다. 그러나 그럴 때마다 남은 힘들게 써 놓은 것을 쉽게 이해하려 하면 되느냐는 식으로 강변하기도 했으니 시를 쓰는 사람들이야말로 참으로 못 말리는 사람들이라 할 수 있다.

주지하다시피 시는 돈이나 밥이 될 수 없는 것은 다 아는 사실이다. 그렇다면 당연히 이를 버려야 할 텐데 나는 왜 지금까지 버리지 못하고 있는 것인가. 이유는 간단하다. 마음 깊은 곳에서 일어나는 욕구 때문이었다. 쓰지 않고는 견딜 수 없는 원초적 본능! 그것이다. 그 이상도 이하도 아니다. 다른 말로 하면 존재 이유라고나 할까. 아무튼 그런, 명분치고는 좀 약하지만, 그 명분 때문에 지금까지 그 길을 떠나지 못하고 있는 것이다. 물론 이것이 정답이 아닐 수도 있지만 정답이고 아니고가 중요한 것은 아니라고 생각한다.

힘들고 어려운 은유의 길!

직유가 직선이라면 은유는 곡선이고, 직유가 나타내 보이는 것이라면 은유는 뒤로 숨기는 것이요, 직유가 최단거리라면 은유는 최장거리며, 직유가 세상적이라면 은유는 그 대안의 세계다.

신앙인의 길도 마찬가지다. 매사가 은유의 뜻을 담고 있다.

예수님은 비유가 아니면 말씀을 하지 않으셨고 언젠가 제자들이 그 이유를 물었을 때 "저희가 보아도 깨닫지 못하고 고침을 받지 못하게 하려 함이라" 하셨다. 일부러 그렇게 말씀하셨던 것이다.

물론 그뿐 아니라 "이것들을 어른들에게는 숨기시고 어린아이들에게는 나타내심을 감사하나이다"라고 숨긴 뜻을 주신 하나님께 감사하지 않았던가.

사명이 아니고는 갈 수 없는 은유의 길!

오른손이 한 일을 왼손이 모르게 하라고 한 것은 나타내지 말라는 뜻이다. 그리고 사랑의 그 많은 정의 중 한 가지는 "자랑하지 말라"는 의미도 포함되어 있다. 한마디로 범인은 이해할 수 없는 길이라 할 수 있다.

물건 하나를 팔더라도 광고하고 선전하고 홍보하고 보여줘도 시원찮을 판국에 숨기고, 감추고, 나타내서는 안 되는 것이니 참으로 어려운 길임이 분명하다.

모든 것이 세상의 길과는 반대되고 동떨어진 길!

좋은 세월 다 보내고 난 후 제정신이 들어 나를 돌아보니 이제 이 길의 끝이 멀리 보인다.

아득히 보이는 시온성이다.

다시 세상에 태어난다면 이 길을 갈 수 있을 것인가. 한마디로 대답은 "글쎄"다. 나 자신도 확실한 대답을 할 수가 없다. 힘들 거란 생각을 하기도 한다.

그러나 때때로 그것이 비록 시대에 뒤떨어진 길이라 할지라도 결단코 떠나지 못할 것이란 생각을 하기도 한다.

# 한식퇴식구

지난여름이었다.

어느 고속도로 휴게소에 점심을 먹으러 들렀다가 우연히 식당 한편에 쓰여 있는 글귀를 보고 한동안 우두커니 서 있었다.

'한식퇴식구'

한글 교육을 받고 평생 글을 써온 내가 알 수 없는 내용이었다. 그것을 이해한 것은 한참 후였다. 점심식사를 마친 사람들이 빈 그릇을 들고 가서 놓고 온 것을 본 후였으니까.

아아, 정상적인 한글 교육을 십 수년씩 받고도 이해할 수 없는 말들을 쓰고 있다니!

차라리 '다 먹은 그릇 이곳에' 아니면 '한식 빈 그릇 놓는 곳'이라고 써놨다면 쉽게 이해할 수 있었을 텐데. 쓴웃음이 나왔다.

어디 이런 사례가 한두 가지랴. 우리가 살고 있는 아파트 정화조 입구에 쓰여 있는 개복구라는 말도 그렇고, 지하철역마다 쓰여 있는 '제연경계벽'이란 말도 성격은 같다. 어렴풋이 짐작은 가는데 뜻은 분명하지 않다. 연기 막는 곳인가, 아니면 불길 막는 곳인가 지금도 아리송하다.

한문의 폐해는 비단 어제 오늘의 일만이 아니다. 그래서 그랬던가. 세종임금께서도 나랏말씀이 중국과 달라 백성들이 어려움을 당한 것을 보시고 글의 식민지배에서 독립시켜 주셨지만 아직도 한문을 신주단지처럼 모시는 이상한 일들이 우리 주변 곳곳에 남아 있다. 그리고 그러한 것들은 아주 당연히 우리말의 한 구석을 지배할 뿐만 아니라 우리 생활 깊숙이 파고들어와 있다.

이런 측면에서 본다면 교회도 예외는 아니다. 교회에서 사용하는 일반적인 말들 가운데 증경총회장이라든지 촬요라든지 성경에 '외식'이라든지 '의문에 순종하느냐'라는 말이라든지 사도행전에 나온 '과동하기에'라는 말 등등이 아주 자연스럽게 사용되고 있는데 과연 몇 사람이나 알고 사용하는 것일까.

상기의 말뜻을 살펴보면 증경회장은 이미 회장을 지낸 사람이란 뜻이고 촬요는 요점을 골라 취한다는 말인데 보통 노회 회의록을 말한다. 성경에서 말하는 외식이란 밖에서 밥을 먹는 것이 아니요 위선을 말하며 겉으로 꾸민다는 뜻이다. 또한 의문이란 의식적인 문서, 즉 율법을 말함이요 과동한다는 말은 겨울을 난다는 뜻인데 천하에 쉬운 이 말을 천하에 어렵게 만들어버린 것이 한문이다.

비단 이뿐 아니다. 성경의 첫 권인 창세기만 보더라도 도무지 무슨 말이 무슨 말인지 알 수 없는 한문 단어들이 수두룩하다. 예를 들면,

그 시대를 말하는 당세, 말을 뜻하는 구음, 어느 지점의 전부를 말

하는 일경, 제사 때 음식을 차려놓음을 뜻하는 진설, 그리고 차려놓은 떡을 말하는 진설병, 날을 지새운다는 경야, 늙음을 말하는 노경, 남의 소유를 뺏는다는 뜻의 늑탈, 제 값어치에 해당한다는 말인 준가, 둘째 아들을 말하는 차자, 성격이 단단하고 강한 견강, 아버지와 할아버지를 뜻하는 부여조 등등 이루 헤아릴 수 없다. 한글 표기만으로는 무슨 말인지 이해가 불가능한 말들이다. 도대체 무엇 때문인가. 이는 제 말과 글을 갈고 닦지 아니하고 우리글을 한문의 발음 기호로만 사용한 결과이다.

우리말인 하늘, 땅, 바다, 가람은 발음하기도 좋고, 듣기도 좋고, 따로 설명할 필요도 없다. 그러나 한문 단어를 한글로 표기를 했을 때 무슨 말인지 이해하기가 어렵다. 가령 '천'이라고 한글로 썼을 때 일천 개를 말하는지, 아니면 하늘을 말하는지, 천박함을 말하는지, 개울을 말하는지 알 수 없다. 천이라고 한글로 발음하는 한문 글자가 대략 90개가 넘기 때문이다. 물론 한문으로 쓰면 된다 하여 하늘 천 자를 쓴다 한들 그 글자 하나에도 열 가지 이상의 뜻이 있다. 예를 들면 하늘 천, 근본 천, 진리 천, 조물주 천, 임금의 경칭 천, 운명 천, 날 천, 아버지 천, 지아비 천, 중요할 천 등이 있으니 도대체 무슨 뜻이란 말인가.

어떤 사람은 북한산이라고 한글로 쓰면 이해할 수 없어도 한문으로 쓰면 한강의 북쪽에 있는 산이라고 당장 이해할 수 있다고 주장한 일도 있었다. 그러나 북한산은 이미 고유명사가 되어 굳이 한문 해석이 필요 없을 뿐만 아니라 그렇지 않다고 하더라도 한漢이라는 글자는 한수 외에 한나라 또는 놈이란 뜻도 있다는 사실을 감안한다면 억지다. 장기판에 있는 한나라 북쪽의 산이라 해석을 해도 할 말이 없는 것이다.

그럼에도 불구하고 아직도 한문 미신에 사로잡혀 있는 사람들이 많다.

같은 의미로 성경의 중심 되는 단어 가운데 거듭남이라는 말이 있다. 두 번 태어난다는 뜻이다. 이 말은 따로 설명을 할 필요가 없이 순전한 우리말이다. 그러나 한문으로 '중생'이라고 표기했을 때는 설명을 하지 않고는 낱말에 대한 이해가 불가능하다. 이유는 그 글자가 무거울 중 자인가, 두 번째라는 뜻인가, 아니면 중요하다는 뜻인가, 중후하다는 뜻인가 모호하기 때문이다.

한문의 비능률성은 실생활에서도 드러난다. 중국인들이 스마트폰으로 문자를 보내는 것을 본 일이 있는가. 자음 모음 받침만 순서대로 치면 글자의 조합이 되며 전송이 되는 한글의 편리함에 비해 그들은 병음을 사용한다. 그래서 그냥 보내지 못하고 먼저 병음을 치고 같은 병음을 가진 글자가 여러 개가 뜨면 그중에 하나를 선택해 보낸다. 아니면 총 획수를 치고 동일한 획수를 가진 글자가 여러 개 뜨면 그중에 선택해 보낸다. 물론 먼저 획수를 정확히 알 필요가 있다. 매 글자 한 자 한 자를 보낼 때마다 그런 식이다. 그래서 중국의 핸드폰 키패드는 영어로 되어 있다. 병음을 표기하는 것은 한문으로 불가능하기 때문이다. 로마자의 신세를 지고 있는 것이다. 자기 나라 글로 기본적인 휴대폰 자판도 만들 수 없는 비극!

원인이 무엇인가. 음성학을 고려하지 않고 단순히 사물의 형상을 본떠서 만든 원시시대 동굴벽화와 맥을 같이하기 때문이다. 스스로가 불완전하고 불편한 글자임을 인정한 셈이다. 얼마나 쓰기 번거로웠으면 자기들도 간자체를 만들어 사용하겠는가. 그럼에도 우리나라 한문 우상숭배주의자들의 고집은 지금까지 진행형이다. 도처에 최만리가 살아 있기 때문이다.

물론 인간의 언어로 사물의 소리를 정확히 표현할 문자는 없다.

그러나 가장 가깝게 묘사할 수 있는 글이 있으니 곧, 한글이다. 일본어는 받침으로 니은 외에는 표기가 불가능하다. 알파벳도 쌍비읍, 쌍디귿 등 된소리나 거센소리의 표기가 불가능하다. 한문으로 표기하는 것 역시 말할 필요가 없다. 그러나 한글은 가능하다.

그렇다면 당장 한문을 사용하지 말자는 것인가. 물론 그렇지는 않다. 우리가 수천 년 동안 빌려 써온 문자이므로 하루아침에 바꾸기는 어렵다. 또 이미 생활 속에 남아 있는 한자 단어는 오랜 세월만큼 깊숙이 들어와 있다. 그러므로 우리말을 갈고 다듬는 노력이 필요하다. 갈고 다듬는다는 것은 새롭게 만들고 정비한다는 뜻이니 만약 이런 노력이 없다면 지난 세월만큼 시간이 지난다 할지라도 여전히 한자의 종속에서 벗어날 수 없으리라.

언젠가 축구 중계를 하던 아나운서가 하는 말이 북한은 코너킥을 모서리차기라고 한다며 웃으면서 하는 말을 들었다. 과연 가볍게 웃어넘길 일인가. 글쎄다.

핵실험을 자행하고 국민들을 황폐화시키는 북한의 독재 체제를 찬성할 사람은 없다. 그러나 그들의 우리말을 가꾸는 노력은 눈여겨봐야 한다. 예를 들면 그들은 해열제는 열내림약, 슬리퍼는 끌신, 커튼은 주름막, 원가는 본값, 각색은 옮겨지음, 노크는 손기척, 리듬은 흐름새 등으로 만들어 말한다. 새롭게 만든 것이다.

한문으로 된 단어나 영어를 원문 그대로 발음기호로만 사용하는 우리와 비교되는 부분이다. 영어나 한문을 대치할 적절한 우리말이 있음에도 불구하고 우리는 우리말을 배제하고 외국어를 그대로 사용하는 실정이다. 그러다 보니 해방 70년이 지났지만 한문은 고사하고 일본어의 잔재도 청산하지 못하고 있다. 출판 분야, 건축 분야, 기술 분야, 심지어는 옷을 만드는 봉제 공장에 이르기까지 광범위하게 퍼져 사용되고 있다. 그러나 그것을 심각하게 생각하는 사람이 별반 없는 것 같다.

국제화 시대란 제 나라 말을 홀대하고 외국어에 무분별하게 편승하는 것인가, 아니면 제 말과 글을 가꾸고 지키면서 외연을 넓히는 것이 국제화인가, 라는 물음에 대답해야 한다. 광화문을 한글로 표기하든지 아니면 한글을 창제한 경복궁내에 있는 수정전이라도 원래 이름인 집현전으로 바꾸고 한글 간판을 붙이든지 해야 하지 않겠는가.

역사를 지키는 것도 역사지만 중간에 바꾸는 것도 역사다. 한글창제한 지 600년이 다 되는데도 광화문은 한문 간판을 달고 있고 중국 관광객들은 물밀듯 밀려와 그 밑에서 사진을 찍어대는데 낯 뜨겁지 않은가. 하루에도 몇 번씩 광화문이나 덕수궁 앞에서 왕궁수비대의 교대식을 하는데 한문 깃발을 들고 보무도 당당하게 행진하는 것을 보고 그들은 무엇을 느끼고 돌아갈 것인가. 그렇기 때문에 동북공정이란 말이 나오고 일부 가이드들 입에서 과거 속국이었네, 군신의 관계였네 하는 말이 나오질 않겠는가. 모든 것이 원인 없는 결과 없듯 우리가 심고 우리가 거둔 것이다.

'한식퇴식구'라니!

우리말을 만들거나 가꾸는 노력 없이 외래어를 그대로 받아들여 한글을 오직 발음기호로만 사용한 결과다. 한글교육을 십 수년씩 받고도 알 수 없는 한문의 잔재! 우리말은 홀대를 당하고 바야흐로 한글은 사면 포위되어 빈사상태에 이르고 있다.

# 달란트 단상

나는 한동안 글쓰기를 멀리할 때가 있었다.

죄라는 생각 때문이었다. 당시 나는 신학을 공부하고 있었다. 그래서 통상 하나님의 일이란 기도나 전도, 그리고 봉사하는 것만이 하나님의 일이요 그 외 모든 일은 다 세상적이며 육신의 일이며 믿음과는 상관없는 일이란 생각을 가지고 있었다. 따라서 글을 써서는 안 되며 믿음으로 창작 의욕을 억누르는 것이 하나님이 원하시는 일이라 생각했다. 이런 유類의 생각은 비단 나 한 사람뿐만 아니라 기독교문학을 하는 모든 사람들의 공통된 생각인지도 모른다. 최근 어느 기독교문학 단체에서 열린 문학상 시상식에 참석했는데 수상자가 나와서 수상 소감을 이렇게 말했다.

"이제까지는 하나님의 일을 하느라 글을 못 썼는데 이제는 창작에 매진하겠습니다." 나는 그 소감을 듣고 놀랐다. 하나님의 일이 따로 있고 창작이 따로 있다니! 새삼 세상에는 이전의 나처럼 편견에 사로잡혀 있는 사람들이 많다는 사실을 깨닫게 되었다. 도대체 왜 이런 일이 벌어지게 되는 것일까. 성경에 대한 잘못된 이해 때문인가 아니면 잘못된 가르침 때문인가. 한마디로 단정지을 수는 없지만 최소한 한국의 기독교문학이 새롭게 되기 위해서는 여기에서 문제 해결의 실마리를 풀어나가야 하리라 생각한다.

기독교신앙으로 볼 때 달란트는 내가 만든 것이 아니요 하나님께서 우리에게 주신 선물이다. 이 선물을 주신 것은 그것으로 열심히 장사해서 많은 이익을 남기라고 주신 것인데 한국 기독교문학은 마치 한 달란트 받은 자처럼 두려워 땅을 파고 숨기기에만 급급한 것이다. 그러다 보니 죄의식에 사로잡혀 문학적 상상력과 표현을 제한하는 잘못을 범하게 되었다. 그 결과 죄는 없고 은혜만 있으며 타락은 없고 구원만 있는 반쪽 문학을 낳게 된 것이다. 따라서 이런 잘못에서 벗어나기 위해서는 하나님께로부터 받은 달란트가 곧 죄라는 등식에서 벗어나야 한다. 은혜를 받은 자는 모두 노방전도자가 되거나 모든 세상의 인연의 줄을 끊고 수도원에 들어가거나 아니면 세상과 담을 쌓고 은둔한 채 기도만 해야 한다는 잘못된 신앙관을 탈피해야 한다고 본다. 달란트를 받은 자는 당연히 많은 이익을 남겨야 하며 많은 이익을 남긴 자가 착하고 충성된 종이 되는 것이다. 반대로 아무것도 이익을 남기지 못한 채 하나님을 오해하고 땅 속에 자기의 재능을 묻은 자는 악하고 게으른 종이 되는 것이 성경의 가르침이기 때문이다. 따라서 중요한 것은 달란트가 죄인가 하나님께 받은 선물인가를 명백히 할 필요가 있다고 본다.

한국교회는 유교나 불교의 토양 위에서 복음을 받았고 그러다 보니까 재능을 잡기雜技쯤으로 보거나 정도를 벗어난 외도로 여겼다. 따라서 이것이 성경적이냐 아니냐 하는 것을 따지기 전에 먼저 학습된 것을 보수하려는 경향이 강했다. 그러나 성경은, 달란트는 재능이며 하나님께서 주신 은혜로운 선물임을 말하고 있다. 따라서 달란트를 단순히 교회 내에서 행하는 봉사나 전도나 헌신 등 은사적인 측면만으로 국한시키는 우를 범해서는 안 될 것이다.

또 다른 하나는 문학적 상상력에 대한 인위적인 제한 때문이다. 성경은 거룩한 책이지만 거룩한 것만 기록한 책은 아니다. 인간이 어떻게 타락했으며 어디까지 타락할 수 있는가라는 한계와, 그러므로 어떻게 구원을 받을 수 있는가를 기록한 구원의 역사서이기 때문이다.

롯의 두 딸은 소돔성이 멸망한 후에 아버지와의 관계에서 모압과 암몬족속을 낳았고, 야곱의 장자 르우벤은 서모 빌하와 통간했으며, 유다는 며느리 다말과의 사이에서 쌍둥이 형제 베레스와 세라를 낳았고, 베레스는 다윗의 조상이 되었다. 다윗은 충성된 장군 우리아를 전쟁터로 내몰아 죽이고 그 아내 밧세바를 취한 악한 왕이었으나 그 역시 메시아의 조상이 된 것이다. 어찌 죄와 타락이 없이 구원의 감격만 있겠는가. 간음하다 현장에서 잡혀 끌려나온 여인이 성난 군중들로부터 돌멩이에 맞아죽기 일촉즉발의 순간에 구원받음으로 다른 사람들보다 더 구원의 감격이 컸을 것이다.

그러나 한국 기독교문학은 어두운 면은 배제하고 밝은 면만 묘사함으로써 구원의 감격은 없고 은혜만 있는 문학을 양산하게 된 것이다. 더군다나 기독교문학에 대한 깊이 있는 천착이 없이 직설적인 전도지 문구에 교회나 십자가, 직분 등등 몇 개의 단어만 연결하면 기독교문학이 되는 것 같은 잘못된 발상으로 호교문학의 범주를 벗어나지 못한 것이 사실이다.

당연히 문학적인 상상력을 동원한 사실적 묘사를 해야 함에도 은혜가 되지 않을 거란 생각에 기형적인 반쪽 문학만 존재하게 된 것이다. 특별히 소설의 경우는 이러한 문제 때문에 표현에 제약을 하다 보니 감정 전달이 미흡하고 현실감이 떨어진 것 또한 사실이다.

이러한 때문인지 기독교문학에서 소설 쪽보다는 시의 선택이 많은 것은 우연이 아니다.

또한 인간의 부끄러운 치부를 드러내놓기보다는 감추기에 급급하고, 타락은 없고 구원만 있는 편향된 작품만을 양산하게 된 것이다. 그러나 엄밀히 말하자면 어둠을 그려야 빛이 보인다. 어찌 어둠이 없이 빛이 입증되며, 악이 없이 선이 드러나며, 타락이 없이 구원의 감격이 있겠는가. 성경의 참회록이라 할 수 있는 시 51편이 감동을 주는 것은 다윗의 타락을 낱낱이 기록한 이야기가 배경에 있기 때문이다. 이와 같이 한국 기독교문학은 달란트에 대한 본질적인 인식의 잘못으로 표현의 한계를 벗어나지 못하고 있다.

성경 중심에는 시편이 있고 예수님은 비유가 아니면 말씀을 하지 않으셨으며, 다윗은 시편의 절반에 해당하는 73편을 기록했고, 복음서를 제외한 신약성경의 대부분을 기록한 바울은 위대한 문장가였음을 상기할 필요가 있다. 더더구나 하나님께서 주신 달란트를 교회

내의 은사적인 분야에 국한시키고 있는 한계는 결정적인 문제라 아니할 수 없다.

교회는 모이는 기능이 있고 흩어지는 기능이 있다. 그중 흩어짐은 세상으로 흩어짐이며 교회 내의 빛이 아니라 세상의 빛이다. 다른 하나는 강단의 변화가 절실한 과제이다. 한 해 직접 선교비로는 천문학적인 헌금을 사용하면서도 기독교문학 발전을 위해서는 인색함과 몰이해로 일관하고 있다. 목회자가 시를 모르면서 시편을 강해하고 문학의 기본을 모르면서 비유로 가득한 성경을 가르친다는 것은 과히 소경이 소경을 인도하는 꼴이라 할 수 있다. 따라서 목회자의 재교육이 필요하다. 보수라는 것이 신앙과 신학에 대한 보수가 되어야지 편견과 고집을 보수하는 것이 되어서는 안 된다. 그것은 신앙과는 별개인 교만이기 때문이다.

전기한 대로 은혜를 받으면 모든 사람이 신학을 공부하고 주의 종이 되어야 하며 노방전도자가 되어야 하고 수도원에 들어가 수도자가 되어야 한다는 전근대적인 사고에서 탈피해야 한다. 그리고 기독교문학인들도 이제는 문서선교의 사명을 가지고 나서야 한다. 죄의식에 사로잡혀 숨어서 독립운동하듯 글을 쓰지 말고 길거리에 나가 독립선언서를 낭독하듯 글을 써야 한다. 글을 쓰는 재능은 사람이 만든 것이 아니요 하나님께서 주신 재능이기 때문이다. 은혜를 받은 화가는 더 좋은 그림으로 하나님께 영광을 돌려야 하며, 축구선수는 훌륭한 선수가 되어 수많은 관중 앞에서 하나님께 영광을 돌려야 하며, 기독문인들은 큰 구원의 산맥과 같은 작품으로 하나님께 영광을 돌려야 한다. 이것이 공허하게 외치는 노방전도보다 낫고 수천 편의 설교보다 더 큰 힘을 발휘할 수도 있기 때문이다. 따라서 한국의 기독교문학이 진일보하기 위해서는 먼저 잘못된 고정관념의 틀에서 벗어나는 것이 중요하다고 본다. 매여 있을 것이냐 아니면 박차고 나아갈 할 것이냐, 그것이 문제다.

# 동검리의 추억

교회 개척 후 두 번째 수련회였다.

강화군 길상면 동검리. 강화도 최남단에 붙어 있는 섬이다. 그러다 보니 그 해 수련회를 섬에서 섬으로 가는 격이 되었다. 그러나 말이 섬이지 강화도는 육교로 연결되어 있는데다 동검리 역시 작은 다리로 연결되어 있어 섬 같지 않았다. 그냥 평범한 시골 동네라고나 할까. 학생들과 청년 그리고 여전도회 회원 2명을 포함한 37명이었다. 항상 수련회가 다가오면 학생들은 설레고 여전도회 회원들은 분주하기 마련인데 아무튼 그 해 여름 수련회도 예외는 아니어서 하는 일 없이 학생들은 들떠 있었다. 우리가 갈 최종 목적지는 동검리에 있는 한 폐교였는데 그곳으로 가기로 작정한 것은 당시 학생회 지도교사였던 황 선생의 집이 바로 강화도 길상면에 있었기 때문이었다. 또 장소도 서울에서 그리 멀지 않은 곳이란 점에 모두들 흡족해 있는 터였다. 여전도회 회원들은 밤새워 학생들을 위해 밑반찬을 만드느라 분주했다. 밑반찬이라는 것이 통상적으로 간장에 멸치와 풋고추를 볶는다든지 깻잎이나 마늘종을 간장에 조린다든지, 김치 겉절이, 무말랭이 그리고 깻잎, 고추장이나 김 그리고 시장에서 사온 햄이나 소시지 등등이 있는데 아무튼 밤새워 준비한 것이 시뻘건 고무 대야 두 개에 가득했다.

수련회 출발하는 아침이 되자 학생들이 배낭을 메고 하나 둘 교회로 모이기 시작했다. 항상 그러하지만 아침 8시에 출발한다던 수련회는 누구는 조금 늦고, 또 누구는 오고 있는 중이라는 둥 무엇이 빠졌다는 둥 떠들다가 9시가 넘어서야 가까스로 출발했다. 모두들 배낭을 메고 보퉁이를 들고 떠나게 되었는데 그 보퉁이 속에는 수저, 젓가락, 밥그릇, 국그릇, 모기약, 여름 홑이불 등이 들어 있었다. 또 파스나 소화제, 반창고도 준비했고, 밥솥도 있었다. 당시 강화도 가는 버스는 신촌 로터리에서 굴다리 쪽으로 가는 한편에 정류소가 있었는데 모두들 그 버스를 타고 출발하였다.

한 시간 가량을 달려 강화읍에 도착하였는데 마침 장날이었는지 강화읍에 도착하자 장꾼들이 우르르 올라탔다. 차 안이 붐볐다. 우리들은 강화읍에서도 십여 분 더 달려 제일 남단에 도착하였다. 거기서 모두 내렸다. 더 이상 버스가 가지 않는 곳이기 때문이었다.

다리 입구에는 군인 초소가 있는데 초소를 지나 조그만 다리를 건너야 했다. 갯벌을 스치는 바다 냄새가 났다. 한여름 햇빛은 열한시가 지나 따가웠다. 그러나 미지의 곳으로 수련회를 온 터라 기분은 즐거웠다. 한참을 다리를 건너 걸어 올라갔다. 그리고 드디어 목적지에 도착했다.

주변 밭에는 콩이 시퍼렇게 자라고 있고 오래된 고목나무 위에서는 매미가 시끄럽게 울고 있었다. 매미가 울면 더위가 몰려오는 날이다. 폐교 뒤쪽은 칡넝쿨이 가득 덮인 야산이었다. 대충 짐을 정리하고 나서 도착 예배를 드리고 바로 점심을 준비해야 하는데 한 사람이 소리쳤다.

"목사님, 반찬 담은 통이 없어요."

"반찬 담은 통이 없어졌다니?"

알고 보니 여전도회 회원들이 밤새 준비했던 큰 고무대야 두 개가 빠져 있었다. 차에서 황망히 내리다 보니까 자기 짐만 가지고 내렸지 반찬 담은 그릇은 잊어버리고 내린 것이다. 내가 안 해도 누군가 하겠지, 다들 그렇게 생각한 것이다. 아이쿠! 내가 좀 찬찬히 챙겼어야 했는데 이것저것 신경쓰다 보니 순간적으로 거기까지 신경을 쓰지 못한 것이 탈이었다.

정신이 번쩍 들었다. 그건 그렇고, 이렇게 있을 때가 아니라고 생각되어 청년 두 사람을 급히 강화도 올 때 타고 왔던 버스회사에 보내서 알아보라고 했다. 그렇게 큰 것을 누가 가져갈 사람이 있겠느냐고 다녀오라고 했다. 그런데 밥을 다 해놓고 두어 시간을 기다렸는데 힘없이 터벅거리며 서울에 다녀온 청년들은 말하길 "목사님, 없어요"였다. 아무리 찾아보고 물어봐도 버스회사에서 우리는 모른다고 고개를 내젓더란다.

희한한 일이었다. 금덩어리도 아닌데, 기껏 해봐야 김치고 멸치 볶은 것이고 간장에 조린 마늘종이고 시장에서 사온 소시지인데. 그러나 하는 수 없었다.

“애들아! 우리 어떻게 먹을 것을 준비해야지”라고 했더니,

“우리 갯벌에 들어가 게 잡으면 어때!” 하고 누군가 소리쳤다. 아마 게를 잡아 반찬하면 좋겠다는 생각이었던 것 같았다. 그 말이 끝나기가 무섭게 청년과 학생들이 우르르 갯벌로 내려갔다.

정말이지 우리가 그 섬에 들어오면서 보니 수많은 게들이 갯벌에 나와 햇볕을 쬐고 있는 것을 보았기 때문이다. 갯벌 위에는 정말이지 눈으로 셀 수 없을 만큼 많은 게들이 나와 두 집게발로 무엇을 열심히 먹고 있었던 것이 생각났다. 그러나 게를 잡는 것이 그렇게 만만한 일이 아님을 학생들은 곧 깨닫게 되었다. 게들이 얼마나 빨리 구멍 속으로 사라져 버리는지, 새카맣게 꼬무락거리고 있던 게들이 순식간에 사라져 버린 것이다. 학생들은 게가 도망간 구멍에 손을 넣고 쑤시다가 미끄러지고 넘어져 온통 몸에 뻘을 뒤집어쓰고 있었다.

얼굴과 몸에 뻘이 묻은 채로 학생들은 서로의 얼굴을 보며 웃고 있었다. 나중에 알았지만 게는 구멍을 여러 개 뚫어놓고 이쪽저쪽으로 도망다닌다는데 그것을 알 리 없는 학생들은 허우적대기만 하였다.

학생들이 게를 잡는 것이 아니라 게가 학생들을 잡을 지경이었다. 한참을 헤매던 학생들이 겨우 열댓 마리 정도를 잡아서 올라오는 수밖에 없었다. 함께 동행한 여자집사님 두 분은 야산에서 무엇을 뜯어서 나물을 무쳐 왔는데 무엇이냐고 물어봤더니 명아주풀이라고 말했다. 아무튼 열댓 마리 되는 게로 국을 끓이고 이름 없는 풀들로 위기를 모면한 것이다. 그래도 다행인 것은 그곳에서 멀지 않은 곳에

지도교사였던 황 선생의 집이 있어서 급히 집으로 가 냉장고 안에 있던 김이며 단무지, 김치 등을 가져오는 바람에 한 끼 한 끼 아슬아슬하게 수련회 일정을 마치게 되었다. 문자 그대로 삼박사일 초근목피로 연명하였다고나 할까. 그래도 은혜가 충만하였다. 그때 우리들은 주로 복음성가 "갈릴리 마을 그 숲속에서 주님 그 열한 제자 다시 만나시사"로 시작하는 노래를 몇 번씩이나 기타 반주에 맞추어 목청껏 부르고 또 불렀다. 모기에 물려가며 통성기도도 했다. 뜨거운 한낮 숲속에서는 매미가 기를 쓰고 울어댔다. 콩밭의 콩잎이 시퍼렇고 콩밭 사이로 줄지어 서 있던 수수목이 유난히 길어 보였던 여름이었다.

지나고 보면 힘들었던 일들이 오히려 아름다운 추억으로 남은 일들이 많다. 동검리 수련회도 그중 하나였다고나 할까.

# 가슴감각

나이가 들수록 모든 것이 가슴으로 느껴진다.

소리도 가슴으로 들리고, 냄새도 가슴으로 느껴지고, 보는 것도 가슴으로 보인다. 세월이 가면서 시력이나 청력, 그리고 후각 등 모든 것이 쇠퇴하는데 왜 가슴만 새록새록 살아나는 것일까.

언젠가 문학회에서 강원도로 문학기행을 갔다 돌아올 때였다. 차 안에서 누군가 한 사람이 동요를 부르기 시작했는데 한 사람 두 사람 따라 부르기 시작한 것이 마침내 차 안에 있던 모든 사람들이 따라 부르기 시작했다. 장엄한 대합창이었다. 그때 우리가 부르던 노래는,

"낮에 놀다 두고 온 나뭇잎 배는
엄마 곁에 누워도 생각이 나요"라든지
"엄마가 섬 그늘에 굴 따러 가면
아기는 혼자 남아 집을 보다가
바다가 불러주는 자장노래에" 등이었다.

그리고 한 곡이 끝나면 「그 집 앞」 「바위고개」 등을 누가 시키질

않아도 함께 불렀다. 흔히 학창 시절에 한두 번씩 불렀던 노래들이었다. 그런데 그때 왜 그런 노래가 새삼스런 감동으로 전해져 왔을까. 모를 일이었다. 사람이 함께 노래를 부르면 흥겨워야 하는데 흥겨운 것은 없고 엄숙하고 장엄하기만 했다. 물론 가사와 곡의 문제도 있었겠지만 그보다도 모두들 가슴으로 노래를 부르고 있을지 모른다고 나는 생각했다. 그 감동의 대합창은 팔당댐을 지나 멀리 한강이 보이는 양수리 근처에 올 때까지 계속되었다.

해가 지고 있었다. 석양이 붉게 타고 있었다. 수천 마리의 해오라기 떼들이 서서히 지평선 너머로 가라앉고 있었다. 강물에 비치는 마지막 석양의 잔광이 물결에 어려 황금빛으로 일렁이고 있었다.

해마다 5월이 되면 집 근처 산에서 아카시아 향기가 동네로 밀고 내려오곤 한다. 아! 벌써 아카시아꽃이 피었구나 생각하면서도 바쁜 일상에 차일피일 미루다 보면 대부분 꽃은 져서 산길에 눈처럼 쌓여 있었다. 그리고 때맞추어 찔레꽃 이파리도 바람에 지고 있었다. 찔레꽃은 유년시절 시골 동네 어디서나 볼 수 있었던 낯익은 꽃이다. 붕긋한 향내가 갓 설거지하고 오신 어머니 손등에서 풍기는 유분 냄새 같기도 하고, 모습은 장다리꽃 웃자란 모가지 사이로 소리 없이 나풀대던 노랑나비나 배추흰나비의 자태처럼 고요하고 평화로운 꽃이다. 내가 자라던 유년 시절에는 내 또래 아이들이 봄이면 찔레꽃 순을 따먹곤 했다. 먹을 것이 없었던 시절이었다. 껍질을 벗겨내면 약간은 달착지근하고 쌉싸래한 풀 향기가 났다. 그런데 금년 봄 뒷산에 올라갔다가 아내가 불쑥 내민 찔레 순을 입에 대고 보니 수십 년의 세월을 불쑥 뛰어넘은 맛이 전해져 왔다. 그런데 그 맛은 입에서 느끼는 맛이 아니라 가슴으로 느껴지는 맛이었다. 오랫동안 잊고 살아온 풋풋한 풀냄새가 수십 년 망각의 시간을 뛰어 넘어온 것이다.

엄마 일 가는 길에 하얀 찔레꽃
찔레꽃 고운 잎은 맛도 좋지
배고프면 가만히 따 먹었다오
엄마 엄마 부르며 따먹었다오.

이처럼 찔레꽃은 무료함과 배고픔을 달래주던 꽃이었다. 요즘처럼 아이들이 스마트폰이나 컴퓨터를 들여다보며 피자와 콜라를 마시는 것에 비견한다면 상고시대나 선사시대쯤의 이야기라고나 할까. 그러나 그때는 모든 사람들이 몸으로 부대끼며 보냈던 간난의 세월이었다.

어릴 적에 토끼를 기른 적이 있었다. 장날 토끼를 사오고 사과 궤짝을 모로 뉘어 대나무 창살을 붙여 토끼장을 만들었다. 처음 며칠은 토끼를 돌보는 것 때문에 시간가는 줄 몰랐지만 점차 토끼풀을 뜯으러 다니는 것은 고역이었다. 그래도 여름에는 괜찮았다. 클로버, 고들빼기, 아카시아, 씀바귀 등등 토끼들에게 줄 풀이 많았다. 그런데 문제는 겨울에서 새봄이 오기까지의 기간이었다. 특별히 겨울철에

토끼를 키우는 것은 힘들었다. 먹을 것이 없으면 토끼들은 마지막으로 대나무로 된 창살을 갉아먹고 밖으로 뛰쳐나오기도 했다. 그럴라치면 할 수 없이 바구니를 들고 나와 토끼풀을 찾아나서야 했다. 그러나 눈 덮인 겨울 들판에 무슨 풀이 있으랴. 모든 것이 추위에 숨을 죽이고 얼어붙어 있었다. 그냥 빈 바구니를 들고 들어오는 수밖에 없었다.

그때 나는 겨울 추위에 엎드려 있는 수많은 풀들을 만났다. 누렇게 추위에 시든 봄동의 이파리거나 논둑 밭둑에 붉게 얼어 있는 이름 모를 들풀들이었다. 그런데 그런 풀들은 대부분 키가 작고 땅바닥에 바싹 엎디어 있는 것들이 많았다. 한겨울 바람 속에 목숨을 부지하고 있는 고단한 삶의 모습들이라고나 할까.

세월이 가고 요즘은 꽃들이 아름답다. 대부분 어디서 온지도 모르는 다양한 풀꽃들이다. 꽃들도 다문화시대가 된 것일까. 그리고 그 꽃들을 보는 동안 예전의 풀꽃들은 기억 속에서 하나씩 사라져 갔다. 그런데 얼마 전 우연히 충청도 어느 시골에 갔다가 추수가 끝나버린 황량한 들판 논둑 밭둑 사이에 자라는 키 작은 풀들을 만났다. 그리고 나는 용케도 오래된 그들의 모습들을 기억해 내고 있었다. 기억의 저편에서 가슴으로 건너오는 애잔한 모습들이었다.

손주는 집에 올 때마다 다른 모습을 보여준다. 지난번에 했던 예쁜 짓을 한 번 해 보라고 하면 이내 흥미가 없어진다. 그리고 그는 전혀 다른 프로그램을 보여주고 간다. 재미있게 놀다가도 제 아빠와 엄마가 가자고 하면 못내 아쉬워하면서 황망히 자리를 털고 일어난다. 그런데 가고 난 뒤 가지고 놀던 장난감을 바라보면 가슴이 촉촉이 젖어온다.

알 수 없는 일이다. 보는 것, 듣는 것, 느끼는 것 등 오감은 희미해져 가는데 왜 가슴만 새록새록 살아나는 것인지. 참 알다가도 모를 일이다.

# 유산 싸움

전도사 시절이었다.

평소에 교회를 잘 나오던 나이 많은 성도님 한 분이 임종이 가까웠다는 연락이 왔다. 그래서 급히 심방을 가게 되었다. 그러나 막상 집에 도착하였지만 집 안으로 들어갈 수 없었다. 안으로 방문을 걸어 잠갔기 때문이었다. 방문을 잠근 장본인은 임종을 앞둔 그분의 자녀들이었다. 밖에서 몇 번이나 교회에서 왔음을 알렸지만 끝내 문은 열리지 않았다. 그리고 형제들이 어울려 싸우는 소리만 문밖 멀리까지 새어나왔다.

"어머니가 죽어가는데 유산 싸움이나 하고 지랄이니!"

동네 아낙 몇이 문밖에 서 있다가 혀를 차면서 내뱉는 말이었다. 임종이 가까웠다는 전갈을 받고 아들딸들이 급히 모였던 모양이었다. 그런데 어머니의 죽음을 안타깝게 여기며 눈물을 흘리는 자녀는 아무도 없었고 목에서 가래가 끓고 정신이 혼미해진 어머니에게 "누구에게 유산을 줄 것인가 빨리 말하라"는 악에 받친 소리만 내지르고 있었다. 그 성도님은 낡고 작은 서민 아파트에서 아무 도움도 없이 홀로 살고 있었던 분이었다. 결국 그분은 세상을 떠났고 장례식도 본인의 의사와는 상관없이 무당의 푸닥거리로 끝을 맺고 말았다. 참 안타까운 일이었다.

형제간의 재산 싸움이 비단 어제 오늘의 일만은 아니다. 특히 요즘 세간에는 재벌 총수님들의 형제끼리 재산 싸움을 하는 데 사람들의 관심이 집중되어왔다. 과연 누가 이길 것인가. 그도 그럴 것이 인지대만 하더라도 백억 이백억 하는 판국이니 일반 서민이 볼 때는 스릴 넘치는 드라마 한 편임이 분명하다. 어떤 사람은 형의 말이 맞다고 하고 어떤 이들은 동생이 맞다고 슬며시 동생 편을 거든 사람이 있었다. 그러니까 여론도 완전히 양분된 셈이었다. 오랫동안 계속되던 흥미진진한 드라마는 결국 동생의 승리로 돌아갔고 형은 얼마 되지 않아 세상을 떠났다. 물론 동생 역시 형이 죽은 후 중병으로 정상적인 생활이 불가능한 모양인데 철저히 베일에 싸여 있을 뿐이다.

물론 그뿐만 아니었다. 한 편의 드라마가 끝날 즈음해서 또 다른 한 편의 드라마가 시작되었다. 이번 주제도 역시 형제간의 유산 싸움이었다. 늙은 아버지를 금치산자나 준금치산자쯤으로 내몰고 형과 동생이 싸움을 벌인 것이다. 이번에도 세간의 의견은 두 패로 나뉘었다. 형이 순박해 보인다든지 아니면 동생이 똑똑해 보인다든지 반대로 형이 무능해 보인다든지 아니면 동생이 불량해 보인다든지, 그렇게 항아리 금가듯 두 패로 여론이 나뉘었다. 그런데 세간의 여론만 나뉜 게 아니라 회사의 녹을 먹고 사는 직원들도 두 패로 나뉘어 떠들어댔다. 머리에 붉은 띠를 두르고 나타났다. 그리고 우리는 누구누구를 지지한다고 공개적으로 열을 올렸다. 이런 문제는 주식 문제요 법적인 문제지 누구를 지지한다고 될 문제는 아닌 성싶은데 세상은 때로는 이해할 수 없는 일들이 많다는 생각이 들었다. 형이 생각다 못해 이쪽은 내가, 저쪽은 네가 하면 어떻겠느냐고 슬며시 운을 뗀 모양인데 탐심이 생기면 원래 말이 들리지 않는 법인지 동생은 일언반구도 없고 드라마는 쉽게 끝날 것 같지 않았다.

예수님 당시에도 이런 일이 있어서 무리 중 한 사람이 갑자기 나타나 예수님께 말하기를 "내 형에게 명령해서 유산을 나누게 해 주십시오"라고 간청을 하였다. 전도를 하고 병자를 치료하는 현장에 나타난 뚱딴지같은 이야기였다. 이에 예수님께서는 "내가 재판장이나 유산 나누는 사람이냐" 말씀하신 후 한마디로 "삼가 탐심을 물리치라" 하셨다. 그리고 어리석은 부자의 비유를 들어 말씀하시지 않았던가. 성경에는 이 밖에도 형제들의 이야기가 나오는데 글쎄, 별반 의좋은 형제들이 없다. 가인과 아벨의 관계는 형 가인이 아벨을 죽임으로 인류 최초의 살인자가 되었고, 이삭과 이스마엘의 관계는 동생 이삭이 나이가 어렸을 때는 이스마엘에게 핍박을 당하다 장성한 후에는 이스마엘과 그 어머니 하갈을 내쫓아버렸는데 그 이야기는 끝난 것이 아니라 대하소설이 되어 지금까지 진행되고 있다. 요셉과 그 형제들의 관계는 형들이 동생 요셉을 은 20에 이스마엘 상고들에게 팔아먹은 막장 드라마이고, 에서와 야곱은 서로 축복을 차지하기 위해서 싸우다가 결국 야곱은 외삼촌 라반의 집으로 도망가고 원수가 되어 나

중에 화해를 하기는 하였지만 자자대대손손 서로 반목하거나 소 닭 보듯 하는 처지가 된 사건이다. 물론 이런 이야기들은 단순히 불화를 말하려는 것이 아니라 인간이 본질적으로 가지고 있는 시기나 질투, 그리고 탐심이 빚어낸 비극을 말하는 것이다. 다시 말하면 인간 내면에 숨어 있는 죄성의 단면을 보여주는 이야기라고 하겠다. 그런데 문제는 당사자들도 당사자려니와 그보다는 이를 바라보는 세간의 관심이다. 누가 과연 이길 것인가, 질 것인가. 사뭇 진지하다. 그리고 슬며시 마음이 나뉘기도 한다.

문득, 초등학교 다닐 때 교과서에 나온 의좋은 형제의 이야기를 생각한다. 함께 농사지어 추수한 볏단을 두고 형은 새살림을 꾸린 동생을 생각해서, 동생은 식구가 많은 형을 생각해서 서로 몰래 낟가리에 가져다 놓다가 형과 아우가 달밤에 만난다는 기막힌 그 감동의 스토리를! 아, 서로를 위해 마음 쓰는 아름다운 형제 우애 이야기가 이 시대에 새삼스러운 것은 무슨 이유인가.

이제, 시청자들은 더 이상 막장 드라마 같은 것에는 흥미를 느껴서는 안 된다. 마음이 나뉘어서도 안 되며, 더 이상 거들떠보아서도 안 된다. 희망을 말하지도, 더 이상 절망을 말하지도 말아야 한다. 그런 일은 결국 승자도 없고 패자도 없이 시간이 지나면 캄캄한 땅속에 들어가 흙덩이를 뒤집어쓰고 나란히 누워 있기 마련이요, 어차피 드라마라는 것이 시청자들의 수요에 따라 공급되는 것이기 때문이다.

# 짝퉁 이름

개척교회 초기 어느 주일 밤 예배 때였다.

낯선 여자 한 사람이 등록카드를 써냈다. 그때 나는 강단에 올려진 그의 등록카드를 보면서 그 여자에게 등록카드에 있는 이름이 본명인지 여부를 물었다. 그 여자는 당황했고 이어서 아니라고 대답했다. 물론 그 이상은 더 묻지 않고 예배를 진행했다. 그 일이 있고 난 며칠 후 어느 성도가 나에게 물었다.

"목사님, 그때 본명이 아닌 것을 어떻게 아셨어요?" 그 질문에 나는 아무것도 대답해 줄 수 없었다. 단지 할 수 있는 대답은 "그 사람과 그 이름이 맞지 않아서"라고만 대답했다. 그리고 그런 일이 목회 중 한 번 더 있었다. 이번에는 남자로 나이가 좀 많았을 뿐 동일한 경우였다.

우리가 흔히 말하는 가운데 "이름대로 산다"는 말이 있다. 이는 이름이 가지고 있는 구속력과 비의를 내포하고 있는 말이기도 하다. 이름의 대부분은 타의에 의해서 지어진다. 따라서 사람들은 이 세상에 태어난 후 타의에 의해서 지어진 이름을 가지고 한평생을 살아간다. 비록 타의에 의해서 지어진 이름이라 할지라도 이름은 단순히 호칭의 문제가 아니라 개인의 운명과 연관된 심오한 의미가 있다. 따라서 성경에는 태어날 때부터 미리 하늘에서 지어준 이름이 있고, 사람이 지었더라도 의미를 부여해서 지으며 운명이 바뀔 때는 이름도 함께 바뀌는 것을 목격할 수 있다.

예를 들면 이스마엘이나 이삭 그리고 세례 요한이나 예수님 등은 이미 세상에 태어나기 전에 이름이 지어졌으며, 사라나 아브라함 그리고 이스라엘은 운명이 바뀌면서 이름이 함께 바뀐 경우이다.

이러한 것을 종합해보면 이 세상에 태어난 것이 우연이 아니라 분명히 예정과 섭리 가운데 태어난 것을 알 수 있다.

그래서 예로부터 우리 조상들은 이름 짓는 것을 중요시하고 특별히 이름만을 가지고도 항렬이나 대수를 알 수 있도록 지었는데 그것은 돌림자 때문이었다.

돌림자란 일반적으로 수교법이나 천간법, 지지법 또는 오행상생법 등을 썼는데 우리 집도 예외는 아니어서 이 돌림자에 충실하였다. 그런데 이상하게도 내 대에 와서는 이 돌림자의 법칙이 무시되어 버렸다. 아버지의 함자에 쇠금변이 들어가므로 내 이름에는 삼수변이 들어가야 하는데 호적에 올려진 내 이름은 알 지知 자와 으뜸 원元 자였다. 그리고 내 동생의 이름은 끝 자에 구름 운雲 자를 썼다. 돌림자를 떠나서 지은 파격破格이었다. 특별히 내 이름은 발음하기가 불편했던지 어렸을 때 동네 아이들이 부를 때 내 동생 이름을 부르면서 큰 지운이, 작은 지운이라고 불러 구분했다.

아무튼, 어렸을 때 내 이름은 드물었다. 초등학교 때뿐만 아니라 중학교나 고등학교나 대학교에 이르기까지 마찬가지였다. 그도 그럴 것이 당시 초등학교 교과서에 등장하는 주인공의 이름이 영희와 바둑이, 철수 정도였을 때고 그런 이름들이 보편적인 이름이었을 때니까 말이다.  그러던 것이 1970년대 말쯤 되었을까, 내 이름이 하나 둘씩 유행을 타기 시작했다. 집사람 말에 의하면 무슨 연속극에 주인공 이름으로 한 번 등장한 이후였다고 했다. 물론 내가 직접 연속극을 보지 못했으니 자세히 알 길은 없다.

아무튼, 그때를 기점으로 해서 내 이름이 요원의 불길처럼 번져서 요즈음에는 쉽게 만날 수 있는 그런 이름이 된 것 같다. 어쩌다 한 번 어린이 백일장 같은 곳에 심사를 나가다 보면 아이들 이름 중에 성씨만 다르지 내 이름과 같거나 어떤 경우에는 성씨까지 같은 것을 자주 목격한다. 그러나 어찌하랴, 태어날 때부터 제 부모가 지어준 이름이니 문제 될 것이 없다.

문제는 제 이름을 버젓이 놔두고 필명을 쓴답시고 이미 등단한 기성 문인의 이름을 표절한 경우이다. 이는 독자들을 혼란시키는 일이요 문단 질서를 무너트리는 일이다. 내가 문단 말석에 이름을 올릴 때는 동명이인이 없었다. 소설 쪽에 한 사람 있었으나 그분도 역시 본명은 아니었다. 그러나 한문 글자도 다르고 장르도 달랐으니 문제 될 것이 전혀 없었다.

그런데 몇 해 전에 어느 출판사에서 사화집을 냈는데 책 한 권에 나와 같은 동명이인이 두 명이 더 있었다. 다행히 편집부의 조치로 두 사람은 괄호를 치고 본명을 쓰도록 함으로써 혼란을 피할 수 있었지만 난감한 일이 아닐 수 없었다. 문인 단체에서도 이런 폐해를 막기 위해 문단윤리규정이라는 것을 만들어 한동안 고지하고 이를 적용하겠노라고 했는데 글쎄, 모를 일이다. 지금도 그 법이 유효한지, 중간에 유야무야되었는지, 아니면 있기는 있는데 효력이 상실되어 사문화되었는지 알 길이 없다.

더 가관인 것은 문인 단체에서 공문이 올 때 이름자 뒤에 숫자를 붙여오기도 하는데 희한한 일이다. 당연히 법을 만들었으면 시행하든지 아니면 응당 먼저 등단한 사람을 앞에 쓰든지, 이도저도 아니면 괄호를 치고 본명을 밝히도록 해야 할 터인데 원칙이 지켜지지 않고 있는 것이다. 엉터리였다. 문단에 등록된 사람이 일만 오천 명이 된다는 판국에 "이런들 어떠하리 저런들 어떠하리 만수산 드렁칡이 얽혀진들 어떠하리"인지, 아무튼 뒤죽박죽인 느낌이다. 문단 인구가 많은 것이 문제가 아니라 무질서가 문제인 것 같다. 이 또한 문인이 되려는 진지한 자기 모색 없이 처음부터 남의 이름을 모방함으로 시작한다는 발상이 개탄스럽기만 하다. 자기 부모가 지어준 이름을 떳떳이 여기지 못하고 남의 이름을 표절한 문학이 무엇이 될지도 문제다.

광주에 사는 내 친구 김모 시인도 어느 땐가 나를 만난 자리에서 다른 사람이 자기 본명을 두고 동일한 이름을 사용하는 바람에 낭패를 맛볼 때가 여러 번 있었다고 불편한 속내를 털어놓은 일이 있었다. 그는 이름만 대면 알 만한 시인이요 화가로서도 활발히 활동하는 사람이다. 또 다른 나의 친구 시조시인인 송모 시인도 자기 본명과 동일한 아동문학가를 만났는데 서로가 본명인데다 먼저 등단한 선배라며 자기 이름의 마지막 끝자리는 생략한 채 필명을 만들어 쓰고 있노라 했다. 귀감이 될 만한 인격이라 할 수 있다.

구별된 이름이란 자기만의 정체성과 문학세계를 나타내는 고유의 상표와 같은 것이다. 따라서 잘 쓰면 잘 쓰는 대로, 못 쓰면 못 쓰는 대로 제 목소리를 가지고 있어야 한다. 문학은 자기 혼이 담겨 있어야 하며 제 가슴으로 낳아야 한다는 말이다. 그러므로 우리는 산고라 하며 창작의 산실이라고도 하지 않는가. 그런 기본이 되어 있지 않다면 사생자요 지극히 불량한 것이다.

문학을 매명이나 자기 현시욕을 충족시키는 수단쯤으로 알고 남이 발표한 작품에 편승해서 마치 자기가 쓴 것인 양 어부지리를 얻겠다는 발상은 자신을 속이는 어리석음이요 독자들을 상대로 한 사기다. 문학에 대한 진지하지 못한 자세가 결국 전체 문학에 대한 질을 떨어트리고 독자들로부터 멀어지게 하는 한 요인이 되지 않겠는가. 이는 무오년 14만 명의 목숨을 앗아간 염병보다 나쁘고 코로나바이러스 19보다 더 흉악한 악질이다.

요즘 심심찮게 사회적으로 문제를 일으키는 것이 짝퉁이다. 짝퉁이란 시계, 가방, 의류, 화장품 할 것 없이 그럴싸하게 포장하고 이름을 도용하지만 질이 다른 모조품을 말한다. 이는 선량한 소비자들을 현혹시키고 유통질서를 어지럽히며 남이 만들어 놓은 제품의 이름에 무단편승해서 이익을 보겠다는 이단이요 사이비다. 대부분 후진

국에서 이런 일들이 발생하는데 이런 눈속임 때문에 나라 망신이 되고 대외적으로 신임을 잃는 원인이 된다. 문학의 신뢰를 높이고 선진화를 이루기 위해서는 제발 이런 야바위가 사라져야 한다.

문단도 자정 능력이 있어야 한다. 자정 능력이 없다는 것이 가장 큰 절망이기 때문이다. 시대의 양심들이 모인 곳에서 비양심들이 활개를 치고 지성들이 모인 곳에서 반지성 내지는 몰지성의 일이 이루어진다면 남 보기에도 부끄럽고 자신을 위해서도 결코 바람직하지 않다. 현명한 소비자는 일시적으로는 속아 넘어갈지 모르지만 유치한 눈속임은 금방 탄로나고 말 것이다. 아무리 그럴싸하게 포장해도 짝퉁은 짝퉁이기 때문이다.

# 성지 유감

신앙인이라면, 이스라엘이나 애굽 등 성경의 배경이 되는 곳을 한 번쯤 가봐야 한다.

가 보게 되면 성경을 이해하는 폭이 넓어지고 예수님의 발자취와 가르침을 더 깊이 이해할 수 있기 때문이다.

갈릴리 호수라든지, 겟세마네 동산이라든지, 가버나움에 있는 회당이라든지, 베드로의 집이라든지, 당시 살았던 생활상을 엿볼 수 있을 뿐만 아니라 구체적으로 지리적 위치나 기후나 비유로 기록된 나무나 열매에 이르기까지 더 피부에 닿고 몰랐던 사실들을 새롭게 배울 수 있기 때문이다.

그러나 성지가 우상이 되어서는 안 된다. 거룩한 땅이나 장소가 따로 정해져 있는 것이 아니기 때문이다. 하나님께서 유대라는 한정된 공간을 통해서 메시아가 태어나게 하셨고 그곳을 통해서 인류 구원의 계획을 세우신 것은 사실이지만, 그렇기 때문에 그곳이 바로 거룩한 곳이라는 등식이 성립되지는 않기 때문이다.

오래 전에 나는 이스라엘과 이집트 그리고 소아시아 일곱 교회가 있는 터키 등지를 돌아볼 기회가 있었는데 다녀온 느낌은 유익함과 혼란스러움의 연속이었다. 유익함은 성경의 배경이 되는 장소이기 때문에 피부에 닿는다는 느낌이고, 혼란스럽다는 것은 이미 상실된 원형 때문이었다. 가는 곳마다 본래 모습은 이미 다 상실되었는데 그것이 시간 탓인지, 열심 탓인지, 아니면 인간의 무지 탓인지 알 수 없었다.

그리고 그곳은 성경을 읽으며 상상했던 그런 장소가 아니었다. 아브라함이 이삭을 바쳤던 곳은 이슬람 사원이 되어 있었고, 예수님의 탄생지나 죽으신 곳은 아랍 상인들의 집단 거주지가 되어 있었으며, 가르치신 곳이나 승천하신 곳은 낯선 콘크리트 건물들이 이미 자리를 차지하고 있어서 성경에서 말하는 모습과 동떨어진 모습이었다. 그뿐 아니라 요한계시록에 기록된 소아시아 일곱 교회들 역시 다 무너져 기둥만 남아 있거나 형체를 알아볼 수 없는 상태였다.

나는 골로새에 도착해서 하룻밤을 머물면서 밤잠을 이루지 못하고 있었다. 그런데 그때 문득 떠오르는 성경 구절이 있었다. 그것은 고린도전서 3:16절에 있는 "너희가 하나님의 성전인 것과 하나님의 성령이 너희 안에 거하시는 것을 알지 못하느냐"라는 구절이었다. 이미 익히 알고 있던 구절이었지만 새삼스럽게 그 의미가 새롭게 다가오는 체험이었다. 벌써 이천 년의 시간이 지났는데 나의 시간은 이천 년 전에 머물고 있었던 것인가. 골로새 교인들을 만나보고, 에베소 교인들을, 그리고 선교의 전초기지가 되었던 안디옥 교회의 거룩한 건물들을 만나보고 싶었던 것이다. 철부지한 동심이었다. 그런데 막상 내가 본 버가모 교회 지붕은 무너져 외벽만 남았고, 사데 교회 역시 기둥만 남았고, 겐그리아 교회는 흔적도 없고 가는 곳마다 무슬림의 땅이 되어 이방인들이 앉아 박물관 입장료 받듯이 돈을 받고 있을 뿐이었다. 나는 성지순례에서 돌아와 당초 계획을 바꿔 '성지'란 말을 빼고 기독교 유적지 시집 『시내산에서 갈보리산까지』라는 시집을 간행했다.

예수님 당시에도 제자들이 예수님께 천국이 어디 있느냐고 물었는데 예수님은 이렇게 말씀하셨다. "여기 있다 저기 있다고도 못하리니 천국은 너희 안에 있느니라." 우리가 눈으로 볼 수 있는 장소가 아니라 바로 우리 마음속에 있다는 말씀이셨다.

장소는 사람들이 어떻게 사용하느냐에 따라서 달라진다. 마치 물질이 사용하는 사람에 따라서 물질의 가치가 달라지듯 말이다. 따라서 거룩한 장소가 따로 있는 것은 아니다.

스페인 안달루시아에 있는 코르도바 성당은 원래 이슬람 사원이었지만 스페인이 이슬람을 몰아내고 성당으로 사용하고 있으며, 반대로 터키에 있는 성소피아 사원은 이슬람이 천주교를 몰아낸 후 주변에 망루를 세워 이슬람 사원으로 고쳐 사용하고 있는 경우이다. 유럽에서 제일 크다는 루마니아 브라쇼브에 있는 검은 교회는 성당이었다가 루터 교회가 되었고 예루살렘 황금 사원은 중세 기독교와 이슬람의 전쟁으로 수차례나 주인이 뒤바뀐 경우이다. 미국의 가든 그러브 처치는 로버트 슐러 목사가 죽은 후 경매로 넘어가 이슬람 사원이 된 경우이고, 남미 페루의 산토도밍고 성당은 잉카의 태양신 제단을 허물고 그 자리에 지은 것이며, 캄보디아 앙코르와트는 힌두교 사원에서 불교 사원으로 바뀌었고, 지금 우리 교회가 예배를 드리고 있는 곳은 당구장과 단란주점이었던 자리가 변해서 교회당의 터가 된 경우이다. 거룩한 장소가 따로 정해져 있는 것일까. 만약 특정한 장소의 효력이 아직도 유효하다면 지금도 솔로몬 성전이나 예루살렘 성전을 찾아야 하며 요단강에 가서 세례를 받아야 한다. 예수님을 만나려면 골고다 산상을 올라가야 하며, 성령을 체험하려면 마가의 다락방에 가 기도를 해야 할 것이다. 또 그것이 옳다면 힌두교도들이 갠지스 강을 신성시하는 것이나, 이교도들이 마나사로바 호수를 신성시하며 인간의 죄를 씻는다고 하면서 오체투지를 하여 조캉 사원을 찾는 것과 무엇이 다르며, 무슬림들이 메카를 찾아 카바 신전을 돌며 마귀에게 돌을 던지고 그 방향을 향해 기도를 하는 것과 무엇이 다른가.

하나님은 한정된 지역의 하나님이 아니라 온 우주의 하나님이시다.

따라서 어디든지 하나님을 모신 곳이 성전이며, 세계 어느 곳이든 그의 이름을 부르는 자는 구원을 받으며, 은혜로 택함을 받는 자가 거룩한 백성이 되는 것이다. 예수님 당시에 사마리아 여인이 예수님께 물었다.

"우리는 이곳에서 예배를 드리는데 당신의 조상들은 예배드릴 곳이 예루살렘에 있다 하더이다."

이 말은 사마리아 사람들과 유대인들이 각기 다른 장소에 성전을 지어놓고 서로 거룩한 장소라고 주장하는 가운데 나온 질문이다. 즉 어느 장소가 정통성이 있으며 하나님이 기뻐하시는 장소냐 하는 질문이다. 이에 예수님께서는 "이곳에서도 말고 예루살렘에서도 말고 하나님께 예배드리는 자는 진정과 신령으로 예배드릴지니라"라고 말씀하셨다. 이 말의 뜻은 장소가 중요하다는 뜻이 아니라 어디서 드리든 신령과 진정으로 드리는 예배가 중요하다는 뜻이다. 성지미신에 사로잡힌 오늘날 우리들에게 주신 우문현답이 아닐 수 없다.

근자에 다시 성지 열풍이 불고 있다. 성지를 회복시키기 위해서는 땅밟기를 해야 한다고 소란스럽다. 정말 그러한가. 한 번쯤 생각해볼 일이다. 만일 그렇다면 마지막 때 우리를 위하여 예비된 거룩한 성 새예루살렘은 무엇이란 말인가.

# 자정능력

물이 흐르면서 스스로를 깨끗게 하듯 역사적 기독교도 물처럼 흐르면서 자정함으로써 생명을 유지해왔다.

자정이란 외부의 물리적인 힘이나 간섭에 의한 것이 아니요 스스로 자신을 깨끗게 하는 능력이다.

교회가 부패하고 타락했을 때는 이 자정능력을 상실했을 때요 자정능력을 상실했을 때는 교회의 본령을 망각했을 때였다.

예수님 당시 제자들이 지은 지 46년이 된 예루살렘 성전을 가리키며 자랑한 일이 있었다.

“예수님, 저 성전을 좀 보세요. 아름다운 돌과 많은 헌금으로 저렇게 훌륭하게 지었습니다.”

그 말을 들은 예수님은 당연히 제자들의 말에 동조하며 감탄할 줄 알았는데 뜻밖의 말씀을 하셨다.

“돌 하나도 돌 위에 남지 않고 다 무너질 것이다.” 청천벽력 같은 소리였다.

제자들은 건물을 보고 내심 자랑코자 하였는데 예수님은 제자들의 생각 밖의 말씀을 하신 것이다. 그것은 예수님과 제자들이 교회를 보는 관점의 차이 때문이었다. 예수님이 보신 교회는 무엇이었는가. 두말할 필요도 없이 사람이었다. 그러나 제자들이 본 것은 건물이었다. 다른 시각이었다.

교회가 부패하고 타락할 때는 외부적인 치장에 중점을 두었고 신앙과 상관없는 외식에 치중하였다. 예루살렘 교회가 그랬고, 로마 교회가 그랬고, 서구의 교회들이 그랬다.

그런데 지금 한국 교회들은 그 뒤를 충실히 따르고 있다. 이는 본령과 상관없는 외식인데 건물이 신분이 되고, 직분이 계급이 되고, 숫자가 자랑이 되는 일이 마치 교회의 전부라고 생각하고 있다는 점이다. 교회와 상관없는 일이요, 본령이 뒤바뀐 경우이다.

이는 마치 공부하는 학생이 배움에는 뜻이 없고 학교 건물을 자랑하거나 학생 숫자를 자랑으로 여기는 것과 같고, 군인이 전투력을 배양하는 데는 관심이 없고 병영 건물이나 계급장만을 자랑하는 것의 다름 아니다.

그리스도인은 십자가의 정병이요 영적 싸움에 임하는 군인과 같다. 따라서 성경에는 “네가 그리스도 예수의 좋은 군사로 나와 함께 고난을 받을지니 군사로 다니는 자는 자기 생활에 얽매이는 자가 하나도 없나니 이는 군사로 모집한 자를 기쁘게 하려 함이라” 하였다.

그리스도인은 예수를 대장으로 하는 영적 군사다. 군사는 싸움을 목적으로 하며 싸움에서는 오직 이기는 자만이 존재한다는 사실을 알고나 있는 것일까.

이런 관점에서 한국 교회는 스스로를 새롭게 하는 변화의 역사가 있어야 한다. 건물의 치장과 숫자놀음에만 치중하다가 허물어진 서구의 전철을 밟는 우를 범해서는 안 되기 때문이다.

우리 주변에는 교회 건물이 바로 신분이 되고, 숫자가 위세가 되고 자세藉勢하는 사람들이 많다. 숫자만큼 위대해지려는 목회자들과 헌금 액수만큼 능력 있는 자들과 직분이 곧 벼슬이 된 것처럼 방자히 행하는 자들이다.

따라서 최소한 한국 교회가 제 구실을 하기 위해서는 교회와 교회당이라도 구분해야 할 필요가 있다고 본다.

교회란 무엇인가. 교회란 "주는 그리스도시요 살아계신 하나님의 아들입니다"라는 신앙고백을 하는 사람들이다. 그리고 교회당이란 그 사람들이 모이는 집이고, 건물이고, 공간이다. 따라서 집이나 건물을 지칭할 때 '국회의사당, 예술의 전당, 공회당, 회당'이라고 하듯 의당 끝에 '당' 자를 붙임이 맞다.

그래서 국회의원과 국회의사당이 구분되고, 예술인과 예술의 전당이 구분되고, 공회에 참석한 사람과 공회당이 구분되고, 유대교와 회당이 구분되어야 한다. 그러나 이렇게 기본적인 문제지만 경계가 명확하지 않기 때문에 건물과 사람을 동일시하고 건물이 바로 교회의 본질인 양 호도되며, 큰 건물을 자기를 과시하는 신분으로 착각하게 되는 것이다. 또한 교회에서 받은 직분이 섬김이 아니라 높고 낮음을 나타내는 계급으로 변질되고 벼슬로 생각하는 일들이 벌어지고 있는 것이다. 기독교의 본령보다 외식에 치우치는 짓이다.

오늘날 교회의 권징은 사라졌다.

땅에서 매이면 하늘에서도 매이고 땅에서 풀면 하늘에서도 풀린다는 말씀도 힘을 잃었다. 직분을 받지 못한 자는 어디서든 주겠다는 곳으로 떠나며, 돈을 내고 사는 일이 벌어지고 있고, 사람을 붙들어 놓으려는 인위적인 방법으로 중생의 체험도 없는 사람에게 직분을 남발하고 있기 때문이다.

작은 교회 다니는 사람은 신분 상승을 위하여 큰 교회를 사모하여 썰물처럼 빠져 나가고, 큰 교회에서 받은 직분은 작은 교회에서 받은 직분과 다르며, 큰 교회 하나님과 작은 교회 하나님은 다르다고 생각하며, 마치 특정 지역 학군처럼 큰 교회는 더 실력이 있고 작은 교회는 실력이 없다고 생각하는 일들이 벌어지고 있다.

따라서 동네 목욕탕보다는 대형 사우나탕으로 모이며, 동네 구멍가게에서 대형 매장으로 몰리고, 대형 음식점으로 몰리듯 곗날 친목계원들처럼 몰리는 일들이 벌어지고 있다.

교회에서 사용하는 은혜라는 말은 불의한 일을 보고도 대충 넘어갈 때 사용되며 정의를 말하면 까다로운 것이 되어버렸다.

은혜의 이름을 빙자한 방관이 이루어지고, 부의 대물림이 이루어지고, 재정의 투명성이 사라지고, 교회가 자금 세탁의 창구로 이용되며, 당을 지으며, 지역감정을 부추기고, 편당을 짓는 일이 벌어지고 있다. 이는 예수님 당시 나는 저 죄인과 세리와 같지 않다던 바리새인들의 교만하고 뻔뻔스러운 모습임이 분명하다.

비본질이 본질의 자리에 앉으며 불의와 외식이 묵인되고 방조되는 일들이 벌어지고 있다.

그러나 만약 이런 일들이 일반화된다면 수백 년 동안 지하에서 신앙을 지켜온 카타콤베는 무엇이며 순교자의 피는 무엇이며, 철근 콘크리트 위에 교회를 세우지 않고 베드로의 신앙고백 위에 교회를 세우신 참뜻은 무엇인가.

한동안 한국 교회 목회자들은 미국 교회를 견학하고 그 가운데서 수정교회를 다녀와서 크리스털 교회 건물의 위용과 아름다움을 입에 침이 마르도록 찬양했다. 그리고 그것과 유사하게 지은 교회도 있다. 그런데 아쉽게도 지금 그 교회당은 사라졌다. 이슬람 사원이 되었기 때문이다.

물질을 어떻게 쓰느냐에 따라서 달라지듯 건물도 어떻게 쓰느냐에 따라 성격이 달라진다. 천국이 될 수도 있고 그 반대가 될 수도 있다.

물론 구약 시대는 특정한 장소에 하나님이 나타나셨고 유대인이라는 택한 민족이 있었고 그 가운데 메시아를 보내주신 것은 사실이지만, 그렇다고 그러기 때문에 오늘날에도 성민이 되며 성지가 되는 것이 아니다. 그때와 이때는 다르다는 이야기다.

지금은 어디서든지 주님을 모신 곳이 성전이며, 누구든지 주의 이름을 부르는 자는 구원을 받으며, 어느 민족이든지 은혜로 택함을 받은 자가 하나님의 자녀가 되는 것이다. 특정한 장소나 건물이 아니라는 뜻이다.

만약에 지금도 그런 생각을 가지고 있다면 그것이 바로 바리새인과 서기관들의 외식일 뿐이다.

신앙의 본질을 떠나 비본질이 본질의 자리에 앉는 현상을 예수님께서 "말세에 멸망의 가증한 것들이 거룩한 자리에 앉게 되는 것을 볼 때 종말이 가까이 온 줄로 알라" 말씀하시던 것이 바로 이를 말함이 아니겠는가.

개혁은 하지 않고 종교개혁 기념행사에만 이골난 사람들!

배워야 될 사람들이 가르치겠다고 나서며, 개혁의 대상인 사람이 남을 개혁하겠다고 소리치는 웃지 못할 일들은 언제까지 계속될 것인가.

한국 교회에 과연 자정능력이 있기는 있는 것인가.

# 바람의 행로

바람이 분다.

창밖의 키 큰 나무들이 바람에 흔들리고 있다. 창문이 흔들리기도 한다. 우리가 쓰는 말 가운데 '바람'이라는 단어보다 더 보편적이며 상징적인 말은 없을 것이다. 바람이란 태양에 의해서 뜨거워진 공기가 찬공기와 뒤섞여 이동하는 과정에 불과하다. 그러나 만약에 바람이 없다면 어떤 일이 일어날 것인가. 세상은 퍽 무미건조하리라. 긴 겨울잠에 빠진 나무들을 일깨우는 손길도 없을 것이며, 서로 만나지 못하고 그리워만 하는 은행나무나 버섯들의 포자를 날라다 주어 결실을 맺게 해 주는 일도 없을 것이다. 그뿐 아니라 민들레 홀씨가 날아가 낯선 돌담에 둥지를 트는 일도 없을 것이다. 다 바람이 하는 일이니 말이다.

농부들의 이마에 흐르는 땀을 식혀주는 것도 바람이며 태극기가 휘날리는 모습을 보여주는 것도 바람이고 돛단배에 사공을 태우고 나루를 건너는 것도 바람이기 때문이다. 그런데 이러한 것들은 단순히 바람의 직접적인 역할만을 말한다고 할 수 있다.

그러나 바람에 대한 이미지는 직설적인 것보다 상징성이 훨씬 더 많다. 예를 들어 봄바람이 분다 하면 봄에 부는 계절풍으로 생각할 수 있지만 봄바람이 났다고 하면 이성관계로 들뜬 상태를 의미한다. 바람을 몰고 다닌다 함은 붐을 일으키고 다닌다 하는 말로, 바람둥이란 말은 이성관계를 밝히는 사람쯤으로 인식되기도 한다. 그러나 바람잡이란 표현은 이와는 전혀 다른 뜻으로 쓰이는 말이니 옳지 못한 일에 사람을 미혹시키기 위해 면전에서 얼씬거리는 사람을 말한다.

흥미로운 것은 어느 때부터인가 사람들은 바람에 이름을 지어 부르기 시작한 것이다. 동쪽에서 불어오는 동풍을 샛바람이라 하고 서쪽에서 부는 바람에게는 하늬바람이란 이름을 달아주었다. 남쪽에서 부는 바람을 마파람이라 하고 북에서 부는 북풍을 된바람이라 하며 북동쪽에서 부는 바람은 높새바람이란 이름으로 부르기도 한다. 또 남서쪽에서 부는 바람을 갈마바람이란 이름으로도 부른다.

그뿐만이 아니다. 계절마다 부는 바람을 세분해서 봄에는 춘풍이요 가을에는 추풍낙엽이요 추운 겨울에는 북풍한설이라고도 한다. 반면 뜨거운 여름에 부는 바람은 열풍이라 한다. 그러나 여기서도 단순한 계절의 의미만 가지고 있는 것은 아니다. 스마트폰 열풍도 있고, 민주화 열풍도 있고, 한류 열풍도 있다. 거짓말을 잘하면 허풍 친다고 말하고 사람을 식물인간처럼 만들어버리는 질병 가운데 중풍이라는 병도 있다. 바람에 적중되었다는 뜻이다. 사람들은 무에도 바람이 든다고 말하고 사람이 늙으면 뼛속에 바람이 든다고 말하기도 한다. 반면에 가지 많은 나무에 바람 잘날 없다 하면 자식 많은 부모 걱정 근심 그칠 날 없다는 것으로 이해하지만 잠깐 바람 쐬러 간다 함은 기분전환을 위해 외출하는 것을 말한다. 또 바람이 불 때 무역선을 띄워 무역을 한다 하여 무역풍이라 하는 바람도 있다. 다 재미있는 이름들이다.

또 바람은 소리에 따라 부르는 이름이 있으니 가령 솔잎을 스치는 바람을 솔바람이라 하고 대나무를 스치는 바람을 대바람 소리라 하며 한겨울에 살을 에는 듯한 바람을 칼바람이라고 한다. 물론 바람 속에 칼이 없는 것은 불문가지다. 산과 들을 건너와 더위를 식혀주는 바람을 산들바람이라 하고 이와는 전혀 다른 의미로 집단으로 사람을 죽이는 잔인한 살육을 피바람이 분다고도 한다.

바람은 속도와 세기에 따라 각기 다른 이름이 있으니 강풍이 있고, 약풍이 있고, 미풍이 있다. 그러나 뭐니 뭐니 해도 바람의 크기나 세기로 보면 태풍이나 허리케인 또는 토네이도 등을 빼놓을 수 없다. 힘이나 광포한 행보에 대하여 으뜸이라고나 할까. 더군다나 태풍에는 커다란 눈도 있다. 시퍼렇게 뚫어져 회오리치는 거대한 폭풍의 한가운데를 사람들은 왜 하필 눈이라고 했는지 모를 일이다. 왜 심장이나 배꼽쯤으로는 생각을 하지 않은 것일까.

아무튼 자의든 타의든 태풍은 사람의 말대로 눈을 가진 바람이다. 이 바람은 대부분 한여름 북서태평양 어디쯤에서 태어나는데 처음은 보잘것없지만 시간이 지나면서 거대한 몸체로 자라나 우리나라를 비롯하여 태평양 연안국들에게 큰 피해를 주기도 한다. 그리고 한

바탕 소란한 행진이 끝나고 나면 자취도 없이 사라지고 소멸되어 버린다.

사람들은 물론 태풍에도 일일이 이름을 지어주기도 한다. 태평양 연안 국가들이 이름을 만들고 순서대로 이름을 붙여 14개 나라에서 10개씩의 이름을 지어 붙인다. 그리고 차례대로 하나씩 지어 놓은 이름을 붙인 후 이름이 다하고 나면 다시 처음부터 이름을 사용한다. 그런데 사람이 지은 이름에는 "태풍아, 제발 조용히 좀 지나가 다오"라는 염원도 담겨져 있다. 그래서 대부분 약하거나 순한 동물들의 이름을 쓴다. 예를 들면 개미, 나리, 장미, 노루, 제비 등이다. 그런데 인간의 이런 소박한 염원을 무참히 짓밟고 수많은 인명을 살상하며 온통 나라를 쑥대밭으로 만들어놓고 갈 때는 이름을 아예 없애버리거나 개명을 하기도 한다. 잘못된 일생을 살았기 때문이다. 연전에 우리나라에 큰 피해를 준 '매미' 같은 경우가 그런 케이스에 해당한다. 애초 이름과는 달리 많은 사람들과 주변에 큰 상처를 주었으므로 사람들은 이름을 없애버리고 '무지개'로 바꿨다.

아무튼 성경에도 회리바람을 타고 승천한 엘리야의 기록이 있는데 요즘 말하는 토네이도와는 그 차원이 다른 것 같다. 또 신약에는 유라굴로라는 광풍이 나오는데 바울을 위시하여 276명을 태우고 로마로 가던 배가 사나운 태풍을 만나 난파되어 멜리데라는 섬에 도착한 것이 기록되어 있다. 그 밖에 예수님께서는 니고데모에게 거듭난 사람에 대해 말씀하시면서 이런 사람은 다 바람과 같은 것이라고 하시기도 하였다. 바람의 행로가 어디서부터 와서 어디로 가는지 알지 못하는 것처럼 새롭게 태어난 사람은 다 이렇게 신비하다는 것을 상징적으로 말씀하신 것이리라.

그렇다. 바람은 분명히 있지만 어디서 왔는지도 알지 못하고 일단 소멸되고 나면 그 자취는 알 길이 없다. 도대체 어디서 와서 어디로 간단 말인가. 물론 바람이란 단순한 공기의 흐름이고 태양열을 고루 나누려는 움직임일 뿐이며, 바람이 낸다는 소리도 기실, 사물과 부딪쳤을 때 나는 소리일 뿐이라고 생각한다면 그뿐이다. 그러나 정말 그뿐인가.

인류 역사상 세상의 모든 부귀영화를 소유한 사람 가운데 한 사람으로 솔로몬 왕을 말할 수 있다. 모든 사람들이 그의 성공한 인생을 부러워했으니 말이다. 그러나 모든 사람들이 생각한 것처럼 그는 행복했으며 성공한 삶이었다고 스스로 생각했던 것일까. 그렇지 않다. 그는 말하기를 헛되고 헛되며 헛되고 헛되니 해 아래서 수고하는 모든 것이 다 헛되다고 하였다. 그리고 덧붙여서 인간의 욕망은 다 바람을 잡으려는 것이라고까지 하였다. 또한 시편 기자는 인간의 정체성을 비유로 말하기를 “가고 다시 오지 못하는 바람”이라고 말하고 있다. 그렇다! 우리는 짧은 일생을 살면서 바람처럼 각기 자기 이름표를 달고 열심히 달려간다. 동쪽으로 가기도 하고 서쪽으로 가기도 한다. 높새바람처럼 불기도 하고 회리바람처럼 솟구치기도 한다. 모두 욕망을 향해 끝없이 달려가기에 바쁘다. 그리고 종래는 바람처럼 사라져 버린다. 그리고 한번 소멸한 후에는 어디에서도 흔적을 찾을 수 없다.

# 심장의 무게

인체의 장기 중 어느 것인들 신비롭지 않은 것이 있을까만 그중에서도 심장은 말할 수 없는 신비다.

생명이 시작되는 순간부터 뛰기 시작하여 오랜 인생의 여정을 마치기까지 밤낮없이 일을 하다가 마지막 박동을 멈추는 순간 자신뿐 아니라 모든 장기들의 생애와 함께 종말을 고하기 때문이다. 최초 심장의 자가발전은 우심실에 있는 동방결절에서부터 시작된다. 5볼트 가량의 전기 신호가 방출되기 시작하는데 방출된 전기 신호는 전해질로 채워진 인체 각 부분에 평생 전기세 한 푼 받지 않고 무료로 공급하여 전력 수급에 차질이 없게 한다. 따라서 사람들은 이를 이용하여 심전도를 검사하고 머리에서 나오는 뇌파를 검사하고 거짓말 탐지기를 이용하여 양심이 불량한 자를 가려내기도 한다. 뿐만 아니라 한방에서는 침 자리를 잡아 전자침을 놓기도 하고 심실 세동인 환자에게는 심장 충격기를 사용하기도 하는 것을 보면 이 모두 인체에 흐르는 미세한 전기와 연관된 일이라 할 수 있다. 또한 때때로 사람들이 벼락을 맞아 죽기도 하지만 벼락을 맞아 살아나기도 하고 초능력을 갖게 된 사람이 있으니 몇 년 전 벼락을 맞은 영국의 사진작가 브라이언 스키너의 경우이다. 벼락이 전기라는 사실을 알진대 상관관계가 신비롭기만 하다.

그런데 나이가 들어 이 배터리 수명이 다해가면 그로 인해 눈빛이 흐려지고 기억력이 깜박거리고 눈꺼풀이 떨리기도 하다가 결국은 작동을 멈추게 된다. 흔히 집에서 쓰는 손전등의 건전지가 소모될 때 나타나는 현상과 다를 바가 없다.

이런 신비함 때문일까, 인류는 오래 전부터 심장의 신비함을 말해왔으니 아리스토텔레스는 심장을 가리켜 '영혼이 머무는 장소'라고 했고 그리스 신화에 보면 제우스가 심장을 세멜레에게 넣어 디오니소스를 태어나게 했다는 이야기도 전해져 내려오고 있다. 그러나 사실 심장에 대한 신비로움은 이런 물리적인 기능보다는 사랑이나 미움, 정의와 불의, 그리고 양심과 비양심 등 온갖 감정을 표출시키는 형이상학적 기능들이다.

일반적으로 사람들이 생각을 말할 때는 머리를 가리키고 마음을 가리킬 때는 가슴에 손을 얹는다. 뇌와 심장은 본디부터 엄연히 소관부서가 다르다는 이야기다. 젊은 날 사랑을 할 때 심장이 뛰고, 상대에게 특별한 전기 신호를 보낸다. 이 강렬한 전기 신호가 서로 충돌할 때 불꽃이 튀고 사랑을 하게 되며 큐피드의 화살은 과녁을 관통하게 된다. 물론 서로 헤어질 때는 슬픔에 잠기기도 한다. 전기 사용량이 가장 많은 때이기도 하다. 물론 절전의 지혜도 요구된다. 필요 이상으로 전력소비가 많을 때는 스스로가 감당을 하지 못하고 두꺼비집이 나가버리기 때문이다. 그래서 나이를 먹으면 삼가 조심해야 하는데 방중술에 보면 60세가 지나면 아예 전력소비를 중지할 것을 경고하기도 한다. 다 생명과 관계되기 때문이다.

사랑을 할 땐 사람들이 손으로 하트 모양을 하게 되는데 이는 심장의 모습이다. 그래서 그리스 시인 사포는 노래하길,

"사랑은 심장을 흔드네

산에서 부는 바람이 참나무를 흔들 듯"

이라고 하였다. 그래서일까. 한문 글자 사랑 애愛 자를 파자破字해 보면 가운데 마음 심心 자가 자리 잡고 있다.

물론 이뿐 아니라 심장은 선과 악, 의와 불의를 구분짓는 양심의 기준이 되기도 하고 거주 공간이 되기도 한다. 그래서 성경은 "양심이 증거되어 스스로 정죄하기도 하고 스스로 변론하기도 한다" 하지 않았던가. 양심이 떳떳하다고 스스로 판단될 때 가슴에 손을 얹고 양심선언을 하는 것도 심장의 판단으로 한다. 반면에 죄가 있다고 생각하고 판결을 내릴 때는 고개를 숙이고 다닌다. 그래서 서양 속담에 "양심은 개인의 법정"이라 하기도 한다.

아무튼 사람의 장기를 뜻하는 한문 글자를 보면 글자마다 달 월月이 들어간다. 위나 간, 뇌, 폐, 췌장 등 할 것 없이 들어가는데 이를 육달월이라 말한다. 단순한 고깃결과 비슷한 상형으로 보는 개념이다. 그러나 이런 법칙에도 예외가 있으니 심장이다. 심장은 오직 제 모습을 형상한 것이요 주변에 물방울 셋을 표시하여 연결된 세 개의 큰

혈관을 표시한 것이다. 옛사람들은 그것을 이미 알고 있었던 것일까.

이런 신비함 때문인지 고대 이집트에서는 사람이 죽으면 심장과 몸을 따로 분리하여 매장하였으니 다른 장기와 격을 구분해 대접한 것이다. 또한 사후의 세계를 기록한 『사자의 서』를 보면 정의의 여신인 '마흐' 앞에서 제판을 받게 될 때 깃털보다 심장이 무거울 경우 지은 죄가 많다고 보아 괴물에게 잡아 먹혀 다시 한 번 죽는 형벌을 받지만 깃털의 무게를 달았을 때 심장과 같으면 다시 영혼이 부활한다고 기록되어 있다. 물론 이는 신화이기 때문에 믿거나 말거나지만. 성경에도 의로우신 하나님이 심장을 감찰하신다 했고 벨사살 왕이 버림받게 된 것도 저울에 달려 부족했기 때문이라고 한 것을 보면 예삿일은 아닌 듯싶다. 기왕 말이 나왔으니 말인데 정신없이 달려가기에만 바쁜 현대인들도 잠시 가던 발걸음을 멈추고 자신의 심장의 무게에 대해서 한 번쯤 생각해보는 것은 어떨는지.

# 너만 국민이냐, 나도 국민이다

몇 해 전 가을.

무악재에 있는 어느 작은 식당에서 식사할 때였다. 가끔 식당에서 목격되는 일이기도 하거니와 그날도 마침 우리가 식사하러 들어간 그때에 먼저 온 한 무리의 사람들이 꽤나 시끄럽게 떠들어대고 있었다. 한 이십여 명쯤 될까. 아마 분위기로 보아 친목 계원들이거나 시골 초등학교 동창들 모임인 듯했다. 테이블 위에 놓여 있는 음식과 함께 먹다 남은 소주나 막걸리 병들이 어지럽게 놓여 있었고, 남자 여자 할 것 없이 허물없이 떠들어대고 있는 모습이 그런 인상을 풍기고 있었다.

이미 술은 한 순배씩 돌아간 듯했고 모두 다 얼굴이 붉었다. 그런데 그들은 떠들고 있었다. 시간이 지날수록 점점 더 큰 소리로 떠들어대 소음을 지나 괴성을 만들어 내고 있었다. 주변은 아랑곳하지 않았다. 별 중요한 이야기도 아닌 듯싶은데 서로가 목청을 높이고 침방울을 튀기는 소리는 귀가 따가울 지경이었다. 우리 일행을 비롯하여 다른 손님들도 밥맛이 싹 가시는 것은 당연지사! 난처했다. 술 취해 떠드는 사람들과 시비하는 것도 그렇고 참고 있는 것도 고역이었다. 어쩌다 이 식당에 잘못 들어왔나 싶었다. 그러나 방법은 없었다. 할 수만 있으면 빨리 식사를 마치고 떠나는 것이 최선의 방법인 듯했다. 그나저나 손님까지 모시고 온 터에 참고 밥을 먹고 있자니 골치가 지근거렸다. 참으로 몰상식한 무리들이었다.

그런데 바로 그때, 그 무리들이 떠드는 것보다 더 큰 소리가 났다. 칠십 대쯤 되는 남자였다. 아마 그는 그 일행과는 다른 사람인 것 같았다. 갑자기 일어난 그는 엄청난 소리로 알아들을 수 없는 고함을 질러대기 시작했다.

순간, 놀란 좌중은 조용해졌다. 좌중이 어리둥절 놀라 조용해지자 그 남자는 큰 소리로 이렇게 말했다.

“야! 너희들만 손님이냐, 나도 손님이다.”

장내는 머쓱해진 채 정적이 흘렀다. 그 남자는 그렇게 일갈하더니 유유히 식당 문을 열고 나갔다. 물론 그 일 이후 우리 일행도 서둘러 그 식당을 빠져나왔다. 그러나 불쾌한 기분은 쉽게 가시질 않았다. 참으로 함께 살 수 없는 몰상식한 자들이라고만 생각되었었다. 모든 사람들이 함께 생활하는 공동의 공간을 차지하고 횡포를 부리는 무리들! 그게 어디 이 식당에만 국한된 일인가? 요즘 광화문이나 시청 앞 광장을 가 봐도 사정은 크게 다른 것 같지 않다.

일상에 지칠 때, 마음을 추스르고 여유가 필요할 때 나는 집 뒤에 있는 안산鞍山자락길을 걷거나 방향을 바꾸어 정동길로 들어서거나 한다. 그리고 시청이나 광화문으로 이어지는 길을 걷는다. 이 길을 걷다 보면 봄가을로 축제가 열리고 길거리 공연도 열리며 집에서 쓰던 물건도 가지고 나와 좌판에 올려놓고 파는 소박한 풍경도 자주 목격하게 된다.

물론 가는 길목에는 미술관도 있고 수문장 교대식도 열리고 울릉도 호박엿 장수라든지 솜사탕 장수, 그리고 가끔씩 시골에서 올라온 농부들이 몇 가지 농산물을 파는 직거래 장터도 만나곤 한다. 다 소박하고 따뜻한 풍경들이다. 나는 사실 이런 작은 것들에서 마음의 행복을 얻고 여유를 되찾곤 한다.

그런데 어느 때부터인가, 이런 풍경들을 만날 수 없게 되었다. 사라져버렸기 때문이다. 더 정확히 말해 이런 풍경들을 몰아내고 낯선 집단이 들어선 것이다. 고막을 찢는 듯한 확성기 소리, 반복되는 구호, 무슨 사생결단이라도 하는 양 머리에 띠를 두르고 떠드는 노래, 나부끼는 플래카드, 어지러이 밟히는 전단지 등, 평화로운 모습은 사라지고 살벌한 투쟁과 정치 선전장으로 탈바꿈해 버린 것이다.

소리가 아닌 소음공해!

몇 마디 말로 해도 충분히 알아들을 수 있는 것들인데 날마다 귓구멍이 따갑도록 소리를 질러대니 법정 소음치는 이미 벗어난 듯했다. 오직 광란의 물결을 만들어 내고 있을 뿐이다. 이미 막걸리잔이 한 순배씩 돈 듯한 사람들의 알 수 없는 외침과 고함소리들! 그래서 나는 무심코 이 길로 들어서다가 확성기 소리를 만나게 되면 불쾌한 마음에 발길을 돌리곤 한다. 물론 누구의 정치적 견해가 옳고 그른 것과는 차원이 다른 문제다. 그 대상이 누군가는 특정할 문제도 아니다. 단지 소시민이 누려야 할 행복추구권에 대한 문제이기 때문이다. 다른 사람은 안중에 없는 듯한 오만방자한 행동과 타인을 배려하지 않는 무질서함, 그 이상도 그 이하도 아니다. 누구든 공동의 공간을 독차지하고 부리는 횡포는 공공의 적이요 무례함일 뿐이다. 과연 이런 사람들이 함께 살아갈 자격이 있으며 권력을 갖게 되면 국민을 배려할 것인가. 그럴 때마다 나는 몇 해 전 가을, 무악재에 있던 어느 식당에서 만났던 한 무리의 무례한 사람들의 모습을 생각한다. 그리고 그들을 향해서 한마디 외치고 떠났던 낯선 노신사의 모습도 생각한다.

"야! 너희만 국민이냐, 나도 국민이다!"

# 수數

나라마다 좋아하는 숫자가 있고 좋아하지 않는 숫자가 있다.

숫자를 만든 것은 사람인데 스스로 만든 숫자를 미워하기도 하고 사랑하기도 하는 것을 보면 인간은 이율배반이라는 생각이 들 때도 있다.

우리나라 사람들이 좋아하는 숫자는 3과 7이다. 물론 5라는 숫자도 즐겨 사용하여 오일장을 만들고, 오곡백과, 오색 무지개, 오색찬란하다느니 오복이라는 말을 즐겨 사용한다. 물론 그것도 부족하여 5방위를 가리키는 다섯 개의 대문을 수도 서울에 만들고 5음계를 말하지만 3과 7에 비견할 정도는 아니다.

물론 3이나 7이란 숫자에 대한 호, 불호의 연유는 불분명하다.

그 오랜 옛날 환인과 환웅과 환검(단군)이 등장하는 단군신화의 삼신사상에서 출발했기 때문인지 아무튼 3이라는 숫자가 생활 깊숙이 자리 잡고 있어서 씨름을 해도 일본의 단판 승부에 비하여 우리는 삼세 판을 기준으로 한다. 이뿐 아니라 부모가 세상을 떠나면 3일 만에 다시 부모의 묘소를 찾아가 삼우제를 지내는 것도 그렇고 장례의례도 초상, 재상, 탈상의 세 번의 과정을 거치는 것도 그렇다.

조선시대에는 3대에 걸쳐 과거시험에 합격을 못하면 신분이 평민으로 하향 조정되었고, 고려 말 항몽군의 이름은 삼별초였다. 충청과 호남과 영남을 삼남이라 불렀고, 계절 중에서도 춘삼월 호시절을 좋아했다. 그것도 유위부족하여 3이란 숫자가 두 번 겹치는 날을 삼월 삼짇날이라 하여 강남 갔던 제비가 오는 날이라고 정하고 진달래꽃으로 화전을 만들어 먹었다. 사실 정확히 따지면 남북의 길이가 삼천리가 되지 못하고 이천칠백 리쯤 되지만 나라의 별칭은 삼천리금수강산이고 모든 공적인 행사는 만세 삼창으로 끝을 맺는다.

그런데 이 3자만큼 애착을 가지고 있는 수가 7이다. 물론 이 7이란 숫자의 의미도 출처를 알 수 없다. 단, 별자리 이름인 북두칠성에서 시작하여 칠성님, 칠성당, 그리고 가게 이름도 칠성상회가 있고 상표에도 칠성이란 상표가 무수하다. 사람 이름도 칠성이가 있고 공원도 칠성공원에다 사람이 죽으면 다시 북두칠성으로 돌아간다 하여 칠성판 위에 뉘게 되는 것을 보면 그 의미가 신비롭기만 하다.

아이를 해산한 후 산모가 몸조리를 하는 기간이 3, 7이고 곰이 쑥과 마늘을 먹고 사람이 된 시간도 3, 7이고, 병아리가 부화한 것도 3, 7이고 보면 신비스러운 상관관계가 유추되는 부분이기도 하다.

반면에 기피하고 미워하는 숫자가 있으니 4이다. 비호감도 세계랭킹 1위쯤 되지 않을까 생각한다. 주지하다시피 한문 죽을 사死 자를 연상하기 때문인데 이 때문에 전쟁을 준비하는 군대에는 4사단이나 4연대나 4대대 또는 4중대, 4소대가 없음은 불문가지. 이는 우리 말을 발전시키고 갈고 닦지 않은 채 한문의 발음기호로만 사용하기 때문이요 동음이어의 폐단이 분명한데 사람의 잘못을 숫자의 잘못으로 돌리는 이상한 일은 또 무슨 이유 때문인지 알 수 없다.

그런데 공교롭게도 중국도 이 글자를 싫어하는 모양이다. 어느 나라 말이든 동음이어가 있기 마련인데 중국도 해음諧音이 있다 보니 유사 발음 '시' 때문에 숫자가 누명을 쓴 경우이다.

같은 한자 문화권인 일본도 사정은 비슷해서 4를 싫어한다. 4를 '시'로 읽는데 죽을 '사' 자도 동일하게 '시'로 읽기 때문이다. 또한 9는 '쿠'라 발음하는데 한문의 괴로울 '고' 자를 읽을 때도 동일하게 '쿠'라 읽기 때문이다. 반면에 7, 8을 좋아하는데 7은 행운을 상징하므로, 8은 한자의 아래로 벌어진 모양이 점점 번성한다는 의미를 포함하고 있다는 단순한 미신 때문이기도 하다.

반면에 중국인이 좋아하는 숫자는 8이다. 베이징 올림픽 날짜를 기상대의 일기예보를 참작해서 결정한 것이 아니라 그냥 호감이 가는 숫자로 정했으니 2008년 8월 8일 8시 8분이다. 이 또한 해음 때문인데 8의 발음이 재財를 뜻하는 발재의 의미와 같기 때문이요, 이 분별없는 일에 우리도 동참해서 재수나 손재수와 같은 단어를 사용하는 것은 중국의 영향이 아닌가 생각한다. 중국을 가보면 보이는 곳마다 복 복福 자를 거꾸로 붙여놓은 경우를 자주 본다. 복이 하늘에서 떨어진다는 뜻이다. 그들이 복을 얼마나 좋아하는지 알 수 있는 단적인 예라 할 수 있다. 그들이 8 다음으로 좋아하는 숫자는 6인데 역시

순조롭다는 뜻의 유流와 발음이 같기 때문이다.

서양이야 다 3, 7을 좋아하는데 이는 기독교 사상의 영향을 받은 것임은 두말할 나위가 없다. 가장 기본적인 것은 3위1체 사상이요, 7일 만에 이루어진 천지창조의 날짜 때문이요, 3일 만에 다시 부활한 예수님에 대한 신앙을 기본으로 하고 있으니 말이다. 반면에 가장 싫어하는 숫자는 13일이며 금요일과 겹치는 날이면 저주받은 날로 생각해 외출도 자제한다는 것도 다 예수님의 고난에 대한 성경을 근거로 한 것임은 두말할 나위가 없다.

아무튼 우리나라나 중국이나 일본이나 같은 한자 문화권인데다 역사적으로도 유사한 연관성을 가지고 있는 것은 사실이나 각기 생각은 다른 것 같다. 우리의 숫자개념이 오히려 중국이나 일본 쪽보다는 서양과 유사한 것으로 보이는데 무엇 때문일까. 혹자는 서양으로부터 받은 기독교의 영향 때문이라고 생각할지 모르나 그런 것만은 아니다. 주지하다시피 삼신 사상이나 삼우제나, 북두칠성을 상징하는 7이라는 숫자는 이 땅에 기독교가 들어오기 전인 아득한 상고시대부터 내려온 것이기 때문이다. 아무튼 스스로 숫자를 만들어놓고 만든 숫자를 미워하기도 하고 사랑하기도 하는 이상한 일들이 벌어지고 있는 것은 무엇 때문일까. 생각할수록 신묘막측한 일이다.

# 기독교문학의 주소

나는 반공주의자다.

나만 그런 것이 아니라 나와 동시대를 살아가는 모든 대한민국 사람들은 반공주의자다. 내가 반공주의자가 된 것은 한국전쟁 때문이기도 하지만 무엇보다 어려서부터 받은 세뇌교육 때문이다. 물론 세뇌교육이라 하여 무슨 특별한 교육을 따로 받은 것은 아니고 흔히 내 주변에서 들리는 마을 사람들의 이야기거나 또는 학교에서 수업시간에 선생님들이 간간이 가르치신 가르침, 그리고 반공 웅변대회가 열릴 때 연사들이 외치던 말들을 귀동냥했던 것들이었다. 우리가 초등학교에 다닐 때는 '반공' 또는 '방첩'이란 표찰을 늘 가슴에 달고 다녔다. 그리고 불조심 표어와 함께 동네 담벼락에 붙어 있던 "이웃집에 오신 손님 간첩인가 다시 보자" 등의 표어도 보면서 성장했다.

당시는 잡지도 흔치 않던 시대인데 어디를 가나 쉽게 볼 수 있는 잡지가 있었다. 『자유의 벗』이었다. 그런데 다 기억할 수는 없지만 그 잡지의 맨 뒤에는 만평이 있었는데 그 만평에 그려진 공산당은 흉

악한 괴물이거나 피 흘리는 마귀 또는 머리에 뿔 달린 도깨비의 형상쯤으로 묘사된 것이어서 볼 때마다 상당한 충격을 받았던 것으로 기억한다. 다 나를 세뇌시킨 일에 일조했던 것들이다.

가끔 우리는 어떻게 북한에서는 세계에서 그 유래를 찾아볼 수 없는 3대 독재 세습이 이루어졌는가에 대해서 의문을 갖는다. 그리고 간간이 뉴스 시간에 방영되는 그들의 집단체조 광경이나 군인들이 일사불란하게 움직이는 기계적인 동작과 열병식을 보게 된다. 그뿐 아니라 가두에서 한복을 입고 붉은 꽃을 흔들어 대며 열광적으로 환호하고 눈물을 흘리는 모습을 바라보면서 불가사의하다는 느낌마저 받을 때도 있다. 도대체 어떻게 이런 일들이 가능한 것일까. 그러나 그들을 조금 더 자세히 들여다보면 그들 역시 어려서부터 세뇌되었다는 사실을 발견하게 된다. 아마 태어나면서부터 반복적으로 학습되어진 것들로 인해 다른 것을 미처 생각할 여유가 없었을 것이다. 그렇다면 우리나 그들이나 추구하는 것은 다를지라도 세뇌되었다는 측면에서는 동일하다.

목회자들 가운데는 자기가 배운 신학이나 신조를 지상 최고의 선이라 맹신하는 사람들이 많다. 이 역시 세뇌되었기 때문이다. 맞고 틀리고의 문제가 아니라, 옳고 그름의 문제가 아니라 먼저 듣고 학습되어진 것을 보수하려는 본능적인 고집 때문에 빚어진 일들이다. 따라서 이런 사람들은 자기와 조금이라도 다른 시각이나 견해는 철저히 배척하고 정죄하며 인간적으로 단절하는 것도 서슴지 않는다. 그리고 자신은 평생 학습된 그 도그마의 틀 속에 갇혀 산다. 어떻게 보면 행복한 일이기도 하지만 지극히 불행한 일이기도 하다.

짐승들에게 각인 효과라는 것이 있다. 세상에 태어나서 맨 먼저 본 것을 제 어미로 기억하고 따르는 것을 말한다. 특별히 날짐승이거나 날짐승 중에서도 거위나 기러기 또는 청둥오리 같은 철새들은 더 분명하다. 물론 이런 일들이 일면 수긍이 가기도 한다. 제 어미를 한 번 놓치면 대오의 이탈자가 되고 당장 목숨을 잃을 수도 있기 때문이다. 그런데 이런 것이 날짐승에게만 있는 것이 아니라 정도의 차이는 있지만 개나 소 그리고 말이나 사람도 동일하다.

니코스 카잔차키스가 쓴 「희랍인 조르바」에서 조르바는 물레 돌리는 데 방해가 된다며 자기 손가락을 도끼로 잘라버렸다. 끔찍한 일이 아닐 수 없다. 그리고 카잔차키스는 생전에 "나는 아무것도 바라지 않는다" "나는 아무것도 두려워하지 않는다" "나는 자유인이다"라는 묘비명을 미리 써 놨는데 그는 지금 그 묘비명 아래 고이 잠들어 있다. 하지만 눈을 빼고 손가락을 자르는 잔혹한 이야기는 성경에도 등장한다. "누구든지 오른 눈이 실족게 하거든 빼내버리라. 누구든지 오른손이 실족게 하거든 잘라버리라" 한 것이다. 영혼의 자유함을 얻기 위한 말씀이다.

해가 지면 학습되어진 동물들은 우리를 찾는다. 미끼로 길들여진 동물들은 시간이 되면 착유실에 들어가고, 수족관에서 쇼를 하고, 무대에서 재주를 넘고, 대가로 먹이를 얻는다. 양몰이 개는 주인의 명령에 따라 양을 몰아 산등성이를 내달리고 군용견은 수색과 정찰을 하고 폭발물을 탐지하다 목숨을 잃기도 한다. 숭고한 일이다. 그러나 이런 학습을 완강히 거부하는 것들도 있다. 야크는 방목해서 길러야지 우리에 가두면 먹이도 먹지 않고 새끼도 낳지 않는다. 수족관에 갇힌 백상아리는 식음을 전폐함으로 죽음을 선택한다. 식별번호 53번을 달고 있던 지리산 반달곰은 세 번이나 수도산 쪽으로 탈출을 시도하다 고속도로에서 교통사고를 당해 왼쪽 앞다리가 부러지는 중상을 당했다. 왜, 무엇 때문에 안락한 보금자리를 버리고 탈출을 감행했을까. 반달곰 종 복원사업본부는 이제 그를 놔 주기로 결정했다. 동물뿐인가, 다른 것들도 마찬가지다. 장수하늘소와 소금쟁이는 길들여지지 않는다. 늑대는 길들여지지 않는다. 식물도 마찬가지다. 어느 땐가 우리 집 베란다 화분에 심어 놓은 남산제비꽃 역시 시름시름 앓다가 죽었다. 죽음으로써 거주지를 박탈당한 자신을 항변한 것이다. 다 자유에의 갈망 때문이다.

문학의 기저는 상상력과 자유다. 문학의 생명력은 낡은 사고의 틀을 깨트릴 때 폭발적인 에너지를 방출하게 된다. 그러나 세뇌된 문학은 희망도 절망도 없는 한낱 생각의 배설물이며 죽은 낱말의 시체에 불과하다. 문학이 최소한의 모습을 갖추기 위해서는 자유를 향한 사유의 몸짓이 필요하다. 이미 학습되어진 것을 나열하거나 길들여진 생각이라면 관객의 비위에 장단을 맞추려는 어릿광대의 가여운 몸짓에 지나지 않는다. 예수님이 세상에 오셔서 하신 일은 유대교의 낡은 틀을 깨는 것이었다. 마틴 루터의 종교개혁은 길들여진 오류에 대한 거부였다. 문학에서 실험이나 해체는 새로운 탈출구를 찾는 모색이다. 계절마다 바뀌는 패션쇼는 옛것을 벗고 새로운 것으로 갈아입는 시도다.

그렇다면 작금의 기독교문학은 어떠한가. 답습된 틀을 벗는 것인가 아니면 입는 것인가. 그도 저도 아니면 세뇌된 굴레를 타인에게 강요하는 것인가. 혼란스럽다. 기독교문학은 지금 어디에 있으며 어디로 가고 있는 것인가. 우리에게 달란트로 받은 은사를 남기려는 열정이 과연 있기는 있는 것인가.

## 연보年譜

| | |
|---|---|
| 1967. | 광주일보 「촛불」 발표 |
| 1971. 9.4-10 | 시화전(서울) |
| 1978.8 | 생명샘 「가야바의 뜰」 「베드로 행전」 |
| 1986.5 | 현대시학 「잔설」 「날치에게」 |
| 1987.9 | 현대시학 「숲의 나라」 「접목에 관하여」 추천 |
| 1987.11 | 현대문학 「뱀」 「딸의 그림」 |
| 1987.11 | 현대시학 「돌」 외 2편 |
| 1988.5 | 현대시학 「어느 날」 「깡통 차는 아이들에게」 |
| 1991.7 | 동양문학 「산행에서」 |
| 1992.9 | 월간문학 「애련」 외 1편 |
| 1993.2 | 월간 에세이 수필 「풍옥정기」 발표 |
| 1995.3 | 제1시집 『다시 시작하는 나라』 |
| 1995. | 계간 시와 산문 가을호 특집 10편 발표 |
| 1996.8 | 문학동네 「왜」 |
| 1997.1 | 제2시집 『몽고지방에 사는 사람들의 말 속에는 몽고반점이 있다』(양문각) |
| 1997. | 세기문학 봄호 시 5편 특집 |
| 1997.12. | 3회 목양문학상 |
| 1998. | 시와 산문 봄호 신작 특집 10편 발표 |
| 1999.5. | 제16회 한국크리스천문학상 |
| 1999.7.10 | 크리스천 12시인 결성(김지향, 이향아, 이탄, 김석, 박이도, 신규호, 양왕용, 홍문표, 김소엽, 김상길, 허소라, 추영수) 성경서사시 『새예루살렘의 노래』 간행 |
| 2001.2.15 | 3시집 『지상에 남은 마지막 희망』(쿰란출판사) |
| 2003.12 | 한국크리스천문학가협회장 |

| | |
|---|---|
| 2005.3.3 | 제4시집 『열하루 동안의 부재』(한글) |
| 2005.12.13 | 4회 (사)한국기독교문화예술대상 |
| 2006.3.25 | 제5시집 영역시집 『함몰된 것들의 평화(The peace for the collapsed, 경희대 원응순 역)』(쿰란출판사) |
| 2007.12.20 | 제6시집 『시내산에서 갈보리산까지』 |
| 2008.12.30 | 제7시집 『가고 다시 오지 않은 바람』(쿰란출판사) |
| 2009.2.20 | 5회 창조문예문학상 |
| 2009.11.30 | 『참 아름다워라 주님의 세계는』까지 10년 동안 기독교 절기시, 행사 시집 등 총 8권 간행 후 12시인회 산회 |
| 2011. | 유심 7, 8월호 「한반도면에서」 |
| 2011. | 다층 가을호 「이사」 「그대」 |
| 2011. | 자유문학 겨울호 「구절리 풍경」 |
| 2012.4 | 월간 심상 「해변에서」 외 2편 |
| 2013.2.20 | 제8시집 『남은 그리움을 너에게 보낸다』(쿰란출판사) |
| 2013.4 | 유심 「그릇」 |
| 2013 | 문학춘추 겨울호 「가을 담쟁이」 「무등산」 |
| 2015.9 | 수필집 『빗줄기의 리듬』 간행 |
| 2016.3 | 12시인회 재결성 후 성경서사시 『창세기부터 룻기까지』 4권째 간행 |
| 2019.8.8 | 4인 시집 김봉균, 박종구, 박영교 등과 함께 『천년 그리움으로 떠 있는 섬』 |
| 2020.4.30 | 제9시집 『너무 긴 하루』(그린아이) |
| 2021.3.31 | 제2산문집 『이상한 풍향계』 간행 |